Thomas Edward Lawrence, der legendäre und geheimnisumwitterte »Lawrence von Arabien«, wurde am 16. August 1888 im walisischen Tremadoc geboren. Als Archäologe nahm er an Ausgrabungen in Syrien und Ägypten teil. Im Ersten Weltkrieg organisierte er mit großem Erfolg von 1916 bis 1918 als britischer Agent den Aufstand der Araber gegen die Türkenherrschaft. Ab 1919 setzte er sich wiederholt für die Unabhängigkeit der Araber ein. In den folgenden Jahren tat er als einfacher Soldat Dienst in der Royal Air Force und war zwei Jahre in Indien stationiert. Wenige Wochen nach seinem militärischen Abschied starb er am 19. Mai 1935 an den Folgen eines Motorradunfalls.

T.E. Lawrence hat aus seinem Leben und aus seinem Werk eine Geheimakte gemacht; die Spuren verwischt, Tatsachen verfälscht, Wahrheiten entstellt. Und ob man ihn nun für einen Aufschneider oder ein Genie, für einen Lügner oder einen Helden hielt, ist ihm zeitlebens gleichgültig gewesen. Er wollte nur eines sein: leibhaftige Legende. Und das ist ihm bis heute grandios gelungen.

insel taschenbuch 1704
Lawrence von Arabien
Leben und Werk

T. E. Lawrence. Bleistiftskizze von Augustus John, 1919

Lawrence von Arabien

Leben und Werk

Von Werner Koch
Mit einem Bildteil
und Lebensdaten von
Michael Schroeder

Insel Verlag

insel taschenbuch 1704
Erste Auflage 1995
Originalausgabe

Hinweise zu dieser Ausgabe am Schluß des Bandes
Vertrieb durch den Suhrkamp Taschenbuch Verlag
Umschlag nach Entwürfen von Willy Fleckhaus
Satz: Satz Offizin Hümmer, Waldbüttelbrunn
Druck: Nomos Verlagsgesellschaft, Baden-Baden
Printed in Germany

1 2 3 4 5 6 - 00 99 98 97 96 95

Inhalt

Lawrence von Arabien

Die Literatur

Eine allgemein anerkannte Beschreibung von Leben und Werk des T. E. Lawrence gibt es nicht. Keinem der über dreißig Biographen, die sich bis heute bemüht haben, Klarheit in dieses allzu legendäre Leben zu bringen, ist es gelungen, die Wahrheit herauszufinden. Gescheitert sind sie vor allem an Lawrence selber. Auch sechzig Jahre nach seinem tragischen, immer noch rätselhaften Tod bleibt sein Leben umrankt und vernebelt von teils geheimnisvollen, teils makabren Legenden, und an dieser Legendenbildung hat T. E. Lawrence heftig, zum Teil auch hämisch mitgewirkt. Als Geheimagent hatte er erlebt und erfahren, wie aufregend eine Geschichte gerade dann werden kann, wenn man manches im dunkeln läßt, Wesentliches verschweigt, nichts enträtselt. T. E. Lawrence hat aus seinem Leben und aus seinem Werk eine Geheimakte gemacht; die Spuren verwischt, Tatsachen verfälscht, Wahrheiten entstellt. Und ob man ihn nun für einen Aufschneider oder ein Genie, für einen Lügner oder einen Helden hielt, ist ihm zeitlebens gleichgültig gewesen. Er wollte nur eines sein: leibhaftige Legende. Und das ist ihm bis heute grandios gelungen.

Seine Biographen standen und stehen somit vor dem unlösbaren Problem, ein Leben zu enträtseln, das nur ein Ziel hatte: voller Rätsel zu sein. Ihre Beurteilungen und ihre Bewertungen entlarven vor allem die Biographen selber, weniger T. E. Lawrence, und da die Literaturgeschichte, dem jeweiligen Zeitgeist entsprechend, immer in Schüben arbeitet, lassen sich aus der Literatur über Lawrence drei solcher »Schübe« sehr klar herauslesen: Lawrence der »Überheld« in der Literatur zwischen den beiden Kriegen; Lawrence der Lügner und Scharlatan in der Literatur kurz nach dem Zweiten Weltkrieg; Lawrence im Zwielicht in der Literatur ab 1960.

Noch zu seinen Lebzeiten sind vier Biographien über T.E. Lawrence erschienen, in denen er vorbehaltlos bewundert und zum Helden hochstilisiert wird. Zwei dieser Autoren, Robert Graves und Liddell Hart, waren zudem berühmte Zeitgenossen, Graves als Literat, Hart als Militärexperte, und an beiden hatte Lawrence sein besonderes Interesse: Er hat zeitlebens um literarische Anerkennung gerungen, und schon früh wollte er seine Lebensgeschichte von einem Militärfachmann behandelt wissen. Geradezu typisch für Lawrence ist es zweifellos, daß er in dem Briefwechsel, den er mit Robert Graves und Liddell Hart führte, keinem der beiden mitteilte, daß sie fast gleichzeitig an einer Biographie über ihn arbeiteten, und die Hinweise und Anregungen, die er ihnen gab, waren sehr selbstgefällig, zumindest selbstbewußt. So schreibt er am 26. Juni 1933 an Liddell Hart: »Ich war kein Soldat des Instinkts, dem Intuitionen und glückliche Ideen automatisch beschieden waren. Wenn ich eine Entscheidung traf oder mich zur Änderung eines Plans entschloß, dann hatte ich vorher alle wichtigen – und viele unwichtigen – Faktoren genau geprüft. Geographie, Struktur der einzelnen Stämme, Religion, Sitte, Sprache, Neigungen, Lebensweise – all das hatte ich in den Fingerspitzen. Den Feind kannte ich fast so gut wie die eigenen Leute. Ich habe mich hundertmal unter ihn gewagt, nur um zu *lernen*... Das gleiche gilt für die militärische Taktik. Wenn ich mich einer Waffe gut bediente, dann nur, weil ich selbst damit umzugehen verstand. Gewehre waren einfach. Ausgebildet war ich an den Maschinengewehren von Lewis, Vickers und Hotchkiss... Wenn Sie meinen Artikel in der *Spitzhacke* nachlesen, werden Sie finden, wieviel ich von den Pionieroffizieren über Sprengstoffe lernte und wieweit ich ihre Methoden ausbaute. Um das Flugzeug richtig verwenden zu können, lernte ich fliegen. Um Panzerwagen verwenden zu können, lernte ich sie fahren und bekämpfen. Wenn nötig, war ich Artillerist und konnte ein Kamel beurteilen und verarzten... Das gleiche gilt für die Strategie. Ich habe nur wenige Seiten über die Kriegskunst geschrieben – aber darin berufe ich mich auf meine Vorgänger aus fünf Sprachen. Sie sind einer der wenigen lebenden Engländer, der in militärischer Beziehung alle Anspielungen und Zitate, alle bewußten Parallelhandlungen versteht, die ich ausgesprochen und begangen habe. Bitte sprechen Sie es klar aus, daß militärische Führung, wenigstens in meinem Fall, aus Verstehen, harter Vorbereitungsarbeit und Nachdenken und Konzentration bestand. Wäre es mir leicht geworden, hätte ich es nicht so gut gemacht.«

Liddell Hart

Liddell Harts Biographie »T. E. Lawrence: In Arabia and After« erschien 1934, also ein Jahr vor Lawrences Tod, und ganz offensichtlich hat der Autor dem »Feldherrn« Lawrence alles geglaubt, was er von ihm gehört oder gelesen hatte. Hart bewunderte seinen Helden, und seine Heldenverehrung übertrug er sogar auf die äußere Erscheinung: »Von Lawrences äußerer Erscheinung geht eine merkwürdige Doppelwirkung aus. Bei einem flüchtigen Blick fällt er einem vielleicht nicht weiter auf, infolge seiner kleinen Gestalt, seines von Wind und Wetter geröteten Gesichts und eines fast nichtssagenden Ausdrucks, der ihm oft als bequeme Maske dient, wenn er nicht hervorzutreten wünscht. Aber bei näherer Betrachtung fühlt man sich einerseits gefesselt durch die Form seines Kopfes, mit dem widerspenstigen, dichten Schopf blonden Haares über der hohen Stirn, und andererseits gebannt durch die seltsam durchdringenden blauen Augen, die einen meistens gütig, aber versonnen anblicken. Die Kopfform wäre noch auffälliger, wäre die durchgeistigte Stirn nicht gleichsam ausgeglichen durch das willensstarke Kinn, das seinerseits die sinnliche Schwingung des Mundes mildert und zu beherrschen scheint. Wenn er schweigt, wirkt er im allgemeinen ziemlich streng, aber dieser Eindruck verliert sich, sobald er spricht oder lächelt – denn er hat eine außerordentlich wohlklingende Stimme und ein ungemein bestrickendes Lächeln ... Von dem Mund kann man vielleicht einen Wesenszug T. E.s ablesen, der öfters mißverstanden wird als irgendein anderer – eine stark ausgeprägte

Genußfreudigkeit, die aber im scharfen Gegensatz zum hergebrachten Sinn des Wortes steht. Was die breite Masse am meisten in Erstaunen setzt, ist seine Geringschätzung der Freuden, denen der gewöhnliche Sterbliche nachjagt, und sein Genuß an Dingen, die andere Menschen als nach Möglichkeit zu vermeidende Unannehmlichkeiten betrachten würden. Er macht sich nichts aus dem Essen und begnügt sich, wenn er allein ist, mit einer Mahlzeit bescheidenster Art am Tage, obwohl er im Freundeskreis geduldig ein normales Dinner verspeist. Früchte, besonders Äpfel, sind die einzige Form von Nahrung, für die er eine ausgesprochene Vorliebe zu haben scheint. Er trinkt nicht und raucht nicht. Wein hat er wohl gelegentlich probiert, aber Wasser mundet ihm besser, weil es für seine Begriffe nuancenreicher an Geschmack ist. Und er sagt selbst, daß ihn nur nach Erlebnissen hungert – allerdings im höchsten Sinne des Wortes.«

Liddell Hart zitiert aus der damals (1927) schon erschienenen Kurzfassung der »Sieben Säulen der Weisheit«, dem »Aufstand in der Wüste«, wobei er ganze Passagen kommentar- und kritiklos übernimmt. Nicht selten fügte er ein »Lawrence hat mir erzählt...« hinzu, so daß der Leser den Eindruck gewinnt, der Biograph Liddell Hart habe den Auftrag, zumindest die Zustimmung von Lawrence gehabt, dessen arabische Vision verbindlich zu würdigen. Die Anhäufung von bewundernden Attributen wirkt dabei peinlich: Aus dem Leutnant Lawrence wird ein »Feldherrngenie«, das sich allenfalls mit Napoleon vergleichen läßt; sein »unverwüstlicher Draufgängergeist« ließ ihn an der Hedschasbahn weit mehr Brücken sprengen (79), als die Bahn je gehabt hat, und der Militärstratege Liddell Hart versteigt sich schließlich zu der ungeheuerlichen Bemerkung, in T.E. Lawrence einen »Erlöser« zu sehen, »einen Mann, der, wenn er wollte, gleich einem Licht die irrende Menschheit aus aller Wirrsal herausführen könnte«.

Sehr wahrscheinlich hat diese Aussage dazu beigetragen, jene Gerüchte zu nähren, es habe kurz vor dem Tod von T.E. Lawrence Versuche gegeben, ein Treffen mit Hitler zu arrangieren. Auch dieses Gerücht gehört natürlich in den Bereich der Legende.

Reizvoll bei der Lektüre von Liddell Harts Biographie sind vor allem jene Passagen, in denen er Augenzeugen zu Wort kommen läßt. So hat ein Major Stirling 1916 oder 1917 Lawrence in seinem Wüstenzelt aufgesucht und folgende Beschreibung gegeben: »Bei der Ankunft in Abu Lissan sah ich Lawrence, der soeben von einem sehr erfolgreichen Überfall der Eisenbahn zurückgekehrt war, in seinem Zelt auf einem prächtigen Perserteppich sitzen, der wohl ein Beutestück aus irgendeinem verunglückten türkischen Zug war. Wie gewöhnlich war er in schneeweiße Gewänder gehüllt, mit dem goldenen Dolch von Mekka im Gürtel. Draußen lungerten ein paar Mann von seiner Leibgarde herum, reinigten ihre Gewehre, steckten leise tuschelnd die Köpfe zusammen und schwelgten sicher in beschaulichen Erinnerungen an einen besonderen Teufelsstreich, den sie gerade vollführt hatten. Eine buntgewürfelte Gesellschaft, fast hundert an der Zahl. Jeder einzelne hatte sich durch eine verwegene Tat die Sporen verdient, und in puncto wildem Leben, tollem Reiten und wüsten Fluchen waren sie die Blüte Arabiens ... Lawrence brauchte solche Draufgänger, denn seine Handstreiche waren blitzschnell und seine Gewaltritte lang und aufreibend, und nur wenige gewöhnliche Araber hatten Lust, in einem einzigen atemberaubenden Galopp die Strecke zurückzulegen, die er schaffte. Es ist kurios, daß ein Engländer in Arabien alle Rekorde in Schnelligkeit und Ausdauer geschlagen hat.«

Eine der unglaublichsten Legenden, die sich bis heute erhalten haben, besagt, T. E. Lawrence sei der Titel eines »Fürsten von Mekka« verliehen worden. Diese hehre Auszeichnung hätte zweifellos in das Bild, das Liddell Hart von seinem Helden Lawrence entwirft, gut gepaßt, doch der Militärexperte Hart kannte sich in orientalischen Fragen zu gut aus, um auf dieses »Märchen« hereinzufallen. Und so konnte er – von Lawrence immerhin unwidersprochen festhalten: Lawrences persönliche Bewaffnung bestand »aus einer Pistole und einem prachtvoll ziselierten, krummen Dolch mit Goldgriff, wie er von Scherifs getragen wird, wenn auch nicht ausschließlich. Dieser Dolch gab Anlaß zu der Legende, Lawrence sei mit der Würde eines Scherifs oder, noch schwungvoller ausgedrückt, eines ›Fürsten von Mekka‹ bekleidet worden. Doch ein Scherif erwirbt seinen Titel durch Geburt, und nur durch Geburt, als Nachkomme des Propheten; es gibt keinen ›Ehrenscherif‹ oder dergleichen. Die nächstliegende Erklärung für das Märchen ist vielleicht darin zu suchen, daß die Araber sich einmal zum Zeitvertreib hochklingende Phantasietitel beizulegen beliebten. Auf die Frage, ›welchen Titel wählst Du?‹ erwiderte Lawrence: ›Emir Dynamit.‹ Nun, und dieser Titel war so treffend, daß er haften blieb und für eine ganze Weile Lawrences Spitzname unter den Arabern wurde.«

Liddell Harts Biographie war die letzte, die noch zu Lebzeiten von Lawrence erschien. Die Zeit verlangte nach Helden, und Lawrence ließ sich bequem, allerdings auch allzu willig, zum Helden umfunktionieren.

Erst nach dem Zweiten Weltkrieg meldeten sich, zunächst zaghaft, Zweifler zu Wort. Sie stellten einige Ungereimtheiten in Leben und Werk des T.E. Lawrence fest, deckten auf, daß er unehelich geboren war, nicht immer die Wahrheit gesagt, homosexuelle oder sadomasochistische Veranlagung gehabt hatte und anscheinend doch nicht so überlebensgroß gewesen sein konnte, wie ihn seine Zeitgenossen dargestellt hatten. Aber erst 1959 holte ein Mann zum Schlag aus mit dem einzigen Ziel, die Glaubwürdigkeit des T.E. Lawrence ein für allemal zu vernichten: Richard Aldington.

Richard Aldington

Seine Biographie erschien zunächst in Frankreich 1955 unter dem Titel: »Lawrence l'imposteur« – Lawrence, der Betrüger –, und erst danach unter dem schlichten, fast unauffälligen Titel: »Lawrence of Arabia: A Biographical Enquiry«, in England. Die Empörung über dieses Buch war enorm; in einer Rezension der »Frankfurter Allgemeinen Zeitung« vom 14. 2. 1955 heißt es: »Diese ›biographische Untersuchung‹ ist ein abstoßendes, querulantisches, von monomanischem Haß diktiertes Buch, dessen einzige Rechtfertigung eine schlüssige Beweiskraft gewesen wäre, zumindest aber eine überzeugende Begründung eines neuen Lawrence-Bildes. Die unabdingbare Voraussetzung wäre ein Mindestmaß von Sachlichkeit gewesen, die nicht auch noch das völlig Unbeweisbare in der Richtung des Verächtlichen und Verabscheuungswürdigen zu deuten sucht. Niemand kann ernstlich bestreiten, daß eine Korrektur der Lawrence-Legende notwendig war. Lawrence war ein geheimnisvoller, schwer ergründbarer Mensch mit seinen Widersprüchen. Er war fraglos eine Ausnahmeerscheinung und konnte gewiß in Anspruch nehmen, daß man ihn nach seinen Taten, nicht nach seinen Schwächen beurteilte.

Aldington läßt nur die Schwächen gelten. Die Biographen von Lawrence, vor allem Robert Graves und Liddell Hart, die Aldington geringschätzig die Hagiographen des Lawrence-Büros nennt, haben zu Lebzeiten des Obersten geschrieben und unter seinem persönlichen Eindruck und Einfluß. Keiner von ihnen würde behaupten, daß zwei Jahrzehnte nach dem Tod des großen Mannes nicht eine neue Darstellung vertretbar oder gar geboten sei, die den Vorteil des zeitlichen Abstands hätte und über die Fülle des Materials verfügte, die ihnen noch nicht zugänglich war. Aldington hat das nicht einmal versucht. Er hat nur zerstören und herabsetzen wollen. Er hat Jahre auf seine kriminalistische Untersuchung verwandt. Im Anhang seines Buches sind allein tausenddreihundert Quellennachweise aufgeführt...«

War es wirklich nur »Haß«, der Aldington dazu getrieben hat, Lawrence zu enttarnen? Sein Buch stieß zwar auf heftige Ablehnung, seine Gegner warfen ihm scham- und würdeloses Verhalten vor, nur: *widerlegen* konnten sie ihn nicht, und im nachhinein erweist sich Aldingtons Buch als die erste kritische Arbeit über das Verhältnis von Dichtung und Wahrheit im Leben des T.E. Lawrence. Zwanzig Jahre nach dessen Tod war es wohl an der Zeit, einmal zu überprüfen, welche der vielen glorifizierenden Geschichten, die von Lawrence selber oder über ihn in Umlauf waren, der Wahrheit entsprachen oder in den Bereich der Anekdoten gehörten, und Aldington befand: »Die Anekdoten, die ihm nie zum Nachteil gereichen, egal, ob er sie aus Scherz erzählt oder tatsächlich selbst glaubt, fördern zwar nicht seine Glaubwürdigkeit, erfüllten aber den Zweck der Selbstreklame...«

Aldingtons Arbeit ist glänzend recherchiert. Dabei tut er eigentlich nur das, was seine Vorgänger allesamt unterlassen haben. Er überprüft die Daten und die Fakten, die Lawrence oder seine Biographen gemacht haben, und wenn er auf Ungereimtheiten oder Widersprüche stößt, legt er sie bloß. So hatte Robert Graves in seinem 1927 erschienenen Buch: »Lawrence and the Arabs« geschrieben: »Lawrences Wissen muß sehr umfangreich sein. In sechs Jahren las er jedes Buch in der Oxford Union, vermutlich den größten Teil von 50000 Bänden. Als er noch zur Schule ging, besorgte ihm sein Vater die Bücher, und später lieh er sich täglich sechs Bände auf seinen und seines Vaters Namen aus. Drei Jahre lang las er Tag und Nacht vor dem Kamin auf einer Matratze, damit er während des Lesens einschlafen konnte. Oft las er achtzehn Stunden am Tag und bekam eine solche

Routine, daß er imstande war, innerhalb einer halben Stunde dem schwierigsten Werke das Herz zu entreißen.«

Aldington bemerkt dazu: »Für diese Geschichte ist es bedauerlich, daß sechs Bücher täglich im Laufe von sechs Jahren nicht weniger als 13000 ergeben; um in dieser Zeit 50000 Bände zu lesen, hätte Lawrence die unmögliche Leistung von 25 Stück pro Tag 2000 Tage lang bewältigen müssen. Wo bleiben da Schule und Vorlesungen?«

Aldington ist auch der erste Biograph, der darauf hinweist, daß Lawrence von unehelicher Geburt war und homosexuelle, wahrscheinlich auch sadomasochistische Neigungen hatte; vor allem aus seiner unehelichen Geburt zieht Aldington allerdings Schlüsse, die weit übertrieben und eigentlich unhaltbar sind. So behauptet er: »Die ungehörige Situation eines Vaters, der vier Töchter von seiner legitimen Frau und fünf Söhne, deren zweiter Lawrence war, von einer anderen Frau hatte, ist offensichtlich der Schlüssel zu Lawrences gescheiterter Karriere und seiner zwiespältigen Natur. Natürlich darf man diese Tatsache nicht überschätzen und mit ihr alles erklären wollen; er besaß seine eigenen ungewöhnlichen Gaben und war ebenso abhängig von seiner Umwelt, wie er sich gegen sie wehrte. Aber mit dieser Kenntnis können wir viel von dem legendären ›geheimnisvollen Menschen‹ auflösen, vieles sonst Rätselhafte verstehen und eher Mitleid als Abscheu für immerhin einige seiner fragwürdigen Handlungen und Gesinnungen empfinden. ›Nennt mich Ismael!‹ – dieses Wort aus ›Moby Dick‹, der zu Lawrences literarischen Idolen zählte, paßt ebensogut auf ihn wie auf

Melville. Zeit seines Lebens war er wehrlos in das Geheimnis anderer verstrickt; er faßte es nicht, es band ihm die Zunge, zwang ihn zu Unaufrichtigkeit und zu Verstellung.«

Daß Lawrence unaufrichtig gewesen ist und sich immer wieder verstellt hat, konnte Aldington ihm, gleichsam auf Schritt und Tritt, nachweisen. Minuziös verfolgt er jeden Tag in dessen Leben, überprüft Akten, Tagesbefehle, Briefe, Protokolle, stellt Zeugen zur Rede, deckt Widersprüche auf. Entscheidend dabei sind natürlich die Kriegsjahre, die Zeit von 1916 bis 1918, von Lawrences achtundzwanzigstem bis dreißigstem Lebensjahr somit, denn in diesen drei Jahren wurde aus dem Unterleutnant Lawrence der »ungekrönte König von Arabien«, der Superheld, die lebende Legende.

Ungezählte Unkorrektheiten, aber auch ganz offensichtliche Lügen, die Lawrence vor allem in seinen »Sieben Säulen der Weisheit« verkündet hatte, wurden von Aldington aufgedeckt. »Wir«, schreibt er, »haben uns hier nicht mit einer literarischen Wertung der ›Sieben Säulen‹ zu beschäftigen, sondern nur mit der Frage ihrer historischen Treue, die nie wirklich gelöst werden kann, weil Lawrence ihr Hauptzeuge ist. Im ersten Teil des vorliegenden Buches wurden Beispiele für die Methoden angeführt, die Lawrence für seine eigene Legendenbildung verwendete. Während er nach außen den Ruf mimosenhafter Bescheidenheit aufrechtzuerhalten suchte, setzte er durch seine Freunde übertriebene oder frei erfundene Geschichten in Umlauf, die ihn immer im besten Licht darstellten, Geschichten, die schließlich gedruckt wurden, heute die Hauptgrundlage seines Rufes bilden und in fast allen Fällen stets Geschichten waren, die nur von ihm selber stammen konnten.«

Und was von Lawrence selber stammt, ist, nach Aldington, fast immer übertrieben, meistens sogar gelogen. Die zahlreichen Überfälle auf die Hedschas-Bahn, die Lawrence sich zuschreibt, wurden, zumindest zum größten Teil, von anderen Offizieren durchgeführt; die Eroberung von Akaba war weder Lawrences Idee noch ist er der Befehlshaber gewesen, der die Operation geleitet hat. Lawrence war ein »politischer Offizier«, der »keinerlei offizielle Mission hatte« und »Scherif Husseins Aufstand gegen die türkische Regierung hätte unter allen Umständen stattgefunden, auch wenn es nie einen Lawrence gegeben hätte«. Im übrigen sei Lawrence viel seltener an der Front gewesen, als er behauptet, und die vielen strapaziösen, fast übermenschlichen Ritte durch die Wüste, die er in den »Sieben Säulen der Weisheit« phantasiereich beschreibt, hätten entweder nie stattgefunden oder seien weit übertrieben dargestellt, kurz: Lawrences Selbstdarstellung entspricht mehr einer »Märchenfigur« als der Wirklichkeit.

Die Reaktion auf Aldingtons Buch war, wie gesagt, vor allem Empörung. Aber, die nach ihm folgenden Biographen mußten sich mit Aldingtons Enthüllungen auseinandersetzen. Eine nächste, kritische Epoche begann.

Neu, meist auch mehr als überflüssig war in dieser Epoche die stets wiederkehrende Frage nach Lawrences Sexualität. Wichtiger als seine Heldentaten oder seine Lügen wurde plötzlich die kleinkarierte

Frage, ob Lawrence mit dem Araberjunger Dahoum aus der alten Hethiterstadt Karkemisch ein homosexuelles Verhältnis gehabt hatte oder nicht oder ob der türkische Bey, der den als Araber verkleideten Lawrence in Dera gefangennahm, sein Opfer nur auspeitschen ließ oder sich auch an ihm verging. Man konnte, durfte und wollte geschlechtliche Dinge diskutieren, und Lawrence war dafür besonders geeignet, weil er sein Geschlechtsleben, sofern es überhaupt eines gab, geheimhielt und nur in Andeutungen darüber sprach. Wie stets bei ihm, waren diese Andeutungen widersprüchlich, so daß sich die Biographin Flora Armitage (1955) die Behauptung leisten durfte, Lawrence habe weniger die Frauen als die Sexualität gehaßt, und ein paar Jahre später, 1961, führt Anthony Nutting Lawrences Liebe und Zuneigung zu den Arabern vor allem auf dessen sexuelle Neigungen zurück. Die Biographen wiederholen sich, schreiben voneinander ab, neues ist offensichtlich nicht mehr zu entdecken, und wenn doch, so sind die neuen Zeugen zumindest so fragwürdig wie die Auskünfte, die Lawrence selber gibt. So präsentieren die Autoren Colin Simpson/Phillip Knightley in ihrem 1969 erschienenen Buch »The Secret Lives of Lawrence of Arabia« einen Mann, der sich John Bruce nennt und behauptet, Lawrence 1922 kennengelernt und bis zu dessen Tod, also dreizehn Jahre lang, sehr nahe gestanden zu haben. Wie nahe? Bei seiner ersten Begegnung mit Lawrence, Anfang 1922, habe er sich gedacht: »Na, wenn das kein Spinner ist«, aber dann sei es eben geschehen: Lawrence habe sich von ihm auspeitschen lassen, die »schmalen Hinterbacken entblößt«, und Bruce habe solche

Auspeitschungen mehrmals und immer wieder vornehmen müssen. Warum hat er bis heute geschwiegen? Er habe es, sagt er, Charlotte Shaw, der Frau des großen G. B. Shaw, versprechen müssen. Tatsächlich gibt es ja in den »Sieben Säulen der Weisheit« jene berühmt-berüchtigte Passage, in der Lawrence beschreibt, wie ihn der Gouverneur des Hauran, Hadschimpbey, auspeitschen ließ und vergewaltigen wollte, aber: »... ich ließ mich nicht erweichen... Der Mann, der mich festhielt, mußte mir die Kleider Stück für Stück vom Leibe reißen, bis ich splitternackt dastand. Hadschimp machte große Augen, er begann mich zu betatschen. Eine Weile nahm ich's hin, bis er allzu viehisch wurde... Er beugte sich vor, vergrub seine Zähne in die Haut meines Halses und biß zu, bis das Blut kam. Dann küßte er mich...« Aber, so Lawrence in den »Sieben Säulen«: zu mehr sei es nicht gekommen. An Charlotte Shaw allerdings schreibt er am 26. März 1924, er habe sich den sexuellen Forderungen des Beys gefügt. Was ist Wahrheit, was ist Legende? War Lawrence homosexuell? War er es nur potentiell? War er ein Masochist? Die Autoren Simpson und Knightley nennen es ebenso einfältig wie unverbindlich »gemütskrank«.

Aber – und die Verfasser wollen es so –, es geht ja um das »Geheimleben« des Lawrence von Arabien in diesem Buch. Was ist daran so geheim? Zweifellos die Tatsache, daß Lawrence nicht, wie er es allzu gern darstellt, der auserkorene und genialische Freund der Araber gewesen ist. Er war ein Agent des britischen Geheimdienstes. Er brachte es innerhalb dreier Jahre vom Unterleutnant bis zum Oberst, und er selber hat die Katze aus dem Sack gelassen, wenn er insistiert: »Lieber siegen und wortbrüchig werden, als den Krieg verlieren.« Vergleicht man die Selbstbespiegelung des Lawrence von Arabien mit den nüchternen Berichten des Geheimagenten Lawrence, so gibt er sich in seinem literarischen Werk als ein Intimus der arabischen Freiheitskämpfer, wogegen sein Geheimauftrag (datiert vom 29. März 1916, Archiv des Foreign Office, 882/13) lautete, »daß er zu Bestechungszwecken eingesetzt sei und den Arabern jede beliebige Summe, die nicht eine Million Pfund übersteigt«, zuschanzen dürfe.

Wirklich neue Erkenntnisse sind in den Biographien der letzten dreißig Jahre kaum zu finden; bis auf zwei Ausnahmen: Suleiman Mousa: »T.E. Lawrence. An Arab View«, 1966, und Konrad Morsey: »T.E. Lawrence und der arabische Aufstand 1916/18«, 1976.

Konrad Morsey

Seiner Einleitung stellt Konrad Morsey zwei sich widersprechende Zitate voran: »›Wenn ich meine Meinung über ihn zusammenfassen darf, so ist Lawrence der größte Genius, den England in den letzten zwei Jahrhunderten hervorgebracht hat, und ich glaube, keiner von denen, die ihn persönlich gekannt haben, vermag mir zu widersprechen.‹ In diesem Glauben hat sich Oberstleutnant W.F. Stirling, Kampfgefährte Lawrences auf dem arabischen Kriegsschauplatz, geirrt. Emir Abdullah ibn Hussein von Transjordanien, eine der zentralen Figuren im arabischen

Freiheitskampf, zwingt nämlich die ›Achtung vor der historischen Wahrheit‹, wie er sich im März 1943 anläßlich eines Interviews über Lawrence ausdrückt, ›zu der Feststellung, daß er keine glückliche Rolle gespielt hat. Der Mann, den man den ‚ungekrönten König' der Araber nannte, hat im Grunde von unseren Problemen und den Motiven und Zielen des arabischen Aufstandes nichts verstanden... Er war nichts anderes als ein genialer Dilettant, der wahrscheinlich selbst nicht gewußt hat, was er wollte.‹ ... Genius oder Dilettant? Dieser Streitfrage muß sich jeder Forscher stellen, der sich mit den Taten von Thomas Edward Lawrence (1888-1935) während des arabischen Aufstandes 1916/18 befaßt.«

Morsey stellt sich dieser Frage ebenso wissenschaftlich wie gründlich. Wahrscheinlich ist seine Untersuchung die erste überhaupt, die sämtliche Quellen berücksichtigt und vorurteilslos bewertet hat. Daß sie nahezu unbekannt geblieben ist, liegt vor allem in ihrem militärwissenschaftlichen Anspruch; Morseys Buch ist aus einer Dissertation hervorgegangen, ein Spezialwerk für Leute vom Fach und für Lawrence-Forscher. Dennoch wird kein Leser, der sich von den »Sieben Säulen der Weisheit« und dem arabischen Aufstand von 1916/18 ein klares Bild machen will, an diesem Buch vorbeikommen.

Was ist das Besondere an Morsey, was zeichnet ihn aus?

1968 wurden die Staatsdokumente der arabischen Revolte von 1916/18 durch die britische Regierung für die Öffentlichkeit freigegeben. Erst jetzt war es somit möglich, die »Sieben Säulen« mit den Dokumenten im Britischen Staatsarchiv zu vergleichen, erst jetzt ließ sich objektiv feststellen, welche der vielen Lawrence-Geschichten erfunden waren oder der Wahrheit zumindest nahekamen. Und wie Morsey nachweisen kann, erliegt T.E. Lawrence zwar oft seinen »dichterischen Bemühungen«, indem er Personen oder Fakten »verklärt«; »die Dokumente aber widersprechen andererseits genauso den Stimmen, die Lawrences Leistungen abschätzig als gering und ihn als Lügner und Hochstapler bezeichnen. Zweifellos lassen sich in ›Sieben Säulen der Weisheit‹ eine Reihe von Irrtümern und auch bewußt falscher Darstellungen verschiedener Begebenheiten nachweisen. Man darf bei der Bewertung solcher Passagen jedoch nicht übersehen, daß Lawrence keine amtliche Kriegsgeschichte, sondern eher einen historischen Roman schreiben wollte. Läßt man diese künstlerisch ambitionierte Perspektive mit dem Schwerpunkt der Schilderung der eigenen Taten außer acht, so wird aus der bloßen Quelleninterpretation unbestreitbar deutlich, daß Lawrence eine ganz entscheidende Rolle im arabischen Aufstand gespielt hat...«

Suleiman Mousa

Suleiman Mousa ist der erste und bisher einzige Araber, der sich mit Lawrence auseinandergesetzt und Zugang zu den *arabischen* Quellen gehabt hat. Sein Buch: »T.E. Lawrence. An Arab View« erschien 1963 zunächst in Arabisch, wurde aber fast gleichzeitig ins Englische, Französische, sogar ins Japanische übersetzt und erregte schon deshalb Aufsehen, weil

Mousa die wichtigsten Kriegsschauplätze von 1916/18 selber aufsuchte, die Hedschas-Bahn von Damaskus bis nach Medina bereiste und mit vielen Augenzeugen sprach, die an der arabischen Revolte beteiligt waren und zum Teil auch in den »Sieben Säulen« namentlich erwähnt werden. Mousas Resümee: Die »Sieben Säulen« seien ein Buch der Phantasie, und »die vielen Legenden, die sich um Lawrence ranken, gründen sich auf unwahre Geschichten. Die Reise, die er 1917 nach Baalbek, Damaskus, Palmyra und Jebel Druse gemacht haben will, hat er in Wirklichkeit nie gemacht. Der Geheimbericht an General Clayton nach der Kapitulation Akabas enthält zahlreiche Lügen. Jene Geschichte, daß er im November 1917 in Dera gewesen sei, und das, was er dort erlebt haben will, ist nichts als ein Märchen. Ebenfalls erdichtet ist, daß er im April 1918 als Zigeunerin verkleidet in Amman gewesen sei. Seine Behauptung, eine alte Dame, Telal el Leil, habe ihm einen Teppich geschenkt, ist unwahr; dieser Teppich war der Beuteanteil für Lawrence nach einem Überfall auf die Hedschas-Bahn. Eine seiner Übertreibungen ist auch die Behauptung, er habe während des Aufstandes 79 Brücken gesprengt. Wahr ist, daß er nicht einmal an zehn Sprengungen beteiligt war. All diese Geschichten sind unwahr. Und ich habe mit vielen, vielen Leuten gesprochen, die den Aufstand mitgemacht und Lawrence gut gekannt haben.«

Auch Mousa bezweifelt, daß Lawrence Akaba erobert hat. »Lawrence hat Akaba nicht erobert: Akaba wurde 1917 von Auda, dem Scheich der Abu-Tajeh-Sippe, erstürmt. Und die kühnen Wüstenritte des T.E. Lawrence? Zwei damals noch lebende Augenzeugen, Naseeb el Bekre und Faiz el Ghussein, behaupten, sie seien von Lawrence frei erfunden, und Suleiman Mousa fragt ironisch: ›War Lawrence denn ein Vogel, daß er diese Entfernungen so schnell bewältigen konnte?‹«

Es sei erlaubt, hier eine persönliche Bemerkung anzufügen:

Ich habe 1962 über T.E. Lawrence einen Dokumentarfilm gedreht, den das Erste Deutsche Fernsehen damals gesendet hat. Das Team und ich waren ungefähr sechs Wochen unterwegs, zunächst in London, danach in Kairo, Saudi-Arabien, Jordanien und Syrien. Obwohl Richard Aldingtons Anti-Lawrence-Buch damals schon erschienen war, habe ich ihm nicht geglaubt und seine Kritik für ein Pamphlet gehalten; noch immer hatte ich ein Lawrence-Bild vor Augen, das dem »ungekrönten König von Arabien«, nicht aber dem Geheimagenten Lawrence entsprach. Die ersten Trübungen dieses Bildes erfuhr ich in England. Die Witwe Eric Kenningtons, einem damals berühmten Maler, der auch Lawrence mehrmals porträtiert hat, antwortete mir auf die Frage, welchen Eindruck sie von Lawrence gehabt habe: »Es machte ihm einen diebischen Spaß, die Leute zum Narren zu halten. Wenn er eine Geschichte erzählte, so hütete er sich, sie ganz zu erzählen; die eine Hälfte erzählte er der einen, die andere einer zweiten Person, und dann wartete er ab, welche außerordentliche Geschichte die dritte Person daraus machte.« Auch eine Methode, Legenden in die Welt zu setzen, ohne der eigentliche Urheber solcher Legenden zu sein.

Damals lebte auch Sir Alec Kirkbride noch, 1917

Leutnant der Spezialabteilung Östliches Mittelmeer, der in den »Sieben Säulen« von Lawrence zweimal erwähnt wird. Daß Kirkbride an Sprengungen der Hedschas-Bahn teilgenommen hat, verschweigt Lawrence. Kirkbride im Film: »Einmal hatten wir eine Eisenbahnstation am Ende des Tages erobert, und Lawrence entschloß sich, die Brücke außerhalb der Bahnstation selbst zu sprengen. Er bat mich, mit meiner Truppe die Leitungen, Pumpen und Kontakte zu demolieren. Ich hielt von Lawrences Sprengmethoden nicht viel. Er war kein ausgebildeter Pionier, und er machte gerne viel Radau bei seinen Explosionen. Er verbrauchte viel zuviel Pulver, das immerhin unter großen Schwierigkeiten auf Kamelrücken Hunderte Meilen weit herangeschleppt worden war. Da ich seine Gewohnheiten kannte, sagte ich: Geben Sie mir bitte ein Zeichen, bevor das Feuer losgeht. Er sagte: Okay, machen Sie doch nicht soviel Theater... Dann gingen wir hinunter, und ich war gerade dabei, meine Ladungen anzubringen, als es plötzlich einen fürchterlichen Krach gab. Die Brücke flog in die Luft, die Trümmer auf die Station...«

Auch Henry Williamson, einer der schlimmsten englischen Hitleranhänger, lebte 1962 noch, und im Film gibt er zu Protokoll:

»Damals wandte ich mich an Lawrence und schlug ihm vor, daß ich ein Treffen zwischen ihm und Hitler gern arrangieren würde. Ich fragte ihn, ob er damit einverstanden sei. Ich war mir sicher, daß sich Hitler von diesem Mann beeinflussen ließe. Die Antwort auf meinen Brief war ein Telegramm von Lawrence: »Komme morgen zum Essen.« Doch auf dem Weg vom Telegrafenamt verunglückte dann Lawrence tödlich ...«

Ist es so gewesen, wer vermag es noch, sich in diesem Gewirr von Vermutungen, Gerüchten und Legenden auszukennen?

Trotz allem aber war ich immer noch entschlossen, in meinem Film ein ehrenwertes, wenn nicht heldenhaftes Bild von T. E. Lawrence zu zeichnen, reiste nach Kairo und Amman, und in Amman lernte ich Suleiman Mousa kennen, der sein Anti-Lawrence-Buch gerade in Druck gegeben hatte.

Erste Gespräche mit ihm führten dazu, daß ich mein Drehbuch über Lawrence ändern mußte. Suleiman Mousa wurde mein Koautor, aus der geplanten Hommage ein Streitgespräch, das Für und Wider wechselseitig ausgetragen; der Zuschauer sollte sich sein Urteil selber bilden.

Die Briefe

Archäologie

Kurz nach dem Tod von Lawrence gab sein zwölf Jahre jüngerer Bruder Arnold W. Lawrence zwei Bücher heraus: die Briefe von T.E. Lawrence und den Essayband »Lawrence by his Friends«. Im Nachwort dazu griff A.W. Lawrence eine Frage auf, die spätere Biographen immer wieder beschäftigt hat: Wie wünschte und wollte T.E. Lawrence die Zukunft der arabischen Staaten? Seine Antwort: »Einmal fragte ich meinen Bruder, was er Gutes dadurch getan zu haben glaube, daß er das arabische Nationalgefühl geweckt habe. Er antwortete, daß er keinen Grund sehe, warum die Araber sich selbst schlechter regieren sollten, als sie durch das frühere Türkische Reich regiert worden waren; sie würden sich selbst sogar besser regieren. Sein Gewissen war beruhigt durch die Schaffung selbständiger arabischer Staaten mit der Möglichkeit, schließlich als ein Teil des britischen Weltreichs völlig unabhängig zu werden.«

»Lawrence by his Friends« ist eine einzige Hommage an den toten, inzwischen weltberühmten Freund, und wahrscheinlich hat gerade dieses Buch die Legendenbildung um Lawrence kurz nach dessen Tod noch einmal neu belebt. Für seine Freunde gaben sich immerhin so bedeutende Zeitgenossen wie Churchill, George Bernard Shaw, Chaim Weizmann,

E.M. Forster, Lord Allenby und Lord Halifax aus, und als am 29. Januar 1936 in der Sankt Paul's Kathedrale von London die Lawrence-Büste Eric Kenningtons enthüllt wurde, verkündete Lord Halifax in seiner Festansprache: »Es ist bezeichnend, daß die Persönlichkeit Lawrences eine so starke Wirkung auf die Einbildungskraft seiner Landsleute ausüben konnte. Nur verhältnismäßig wenige haben ihn genau gekannt. Sein Ruhm rührt von Taten her, die er in weiter Ferne von der Heimat vollbracht hat. Für die meisten war er eine legendäre, schwer zu fassende Gestalt, deren Hauptziele außerhalb des allgemeinen Begriffsherkommens lagen. Von neuem scheint der alte Satz Wahrheit zu werden, daß die Menschen am meisten das bewundern, was sie am wenigsten zu begreifen vermögen... Keine Erscheinung der Gegenwart hat sich unserer Jugend tiefer eingeprägt. Viele von uns erinnern sich an die Zeit, als wir die ersten Geschichten über ihn hörten und als wir ungeduldig zu fragen pflegten, ob wirklich das alles Wahrheit wäre, denn das Leben von Lawrence ist schöner und besser als jedes Märchen. Wenn man es uns erzählt, werden wir in die Ritterzeit zurückversetzt, und erst allmählich fällt uns ein, daß alle diese Geschehnisse sich ja vor kaum zwanzig Jahren ereignet haben und nur der Ausstrahlung zu danken sind, die sich an einem einzigen Menschen offenbarte und die wir Persönlichkeit zu nennen pflegen.«

Sowohl »Lawrence by his Friends« als auch die Briefe sind chronologisch angeordnet. Es empfiehlt sich, die beiden Bücher parallel zu lesen.

Offensichtlich hat Lawrence nie einen anderen

Wunsch gehabt als den, Archäologe zu werden. Schon während seiner Oxforder Schulzeit hat er Scherben von römischen und mittelalterlichen Tongefäßen gesammelt, und die großen Ferien verbrachte er fast ausschließlich in Frankreich, das er kreuz und quer mit dem Fahrrad bereiste, vor allem, um die Festungsanlagen von Kreuzritterburgen zu studieren. In den Mittleren Osten fuhr er, gerade zwanzig Jahre alt, zum ersten Mal 1909. Er studierte an der Oxforder Universität vor allem Geschichte; sein Dissertationsthema: »Der Einfluß der Kreuzzüge auf die mittelalterliche Kriegsbaukunst in Europa«. Sein Mentor war der damals hochberühmte D.G. Hogarth, Universitätslehrer in Oxford, ein Archäologe und Orientalist, der zahlreiche Ausgrabungen im Vorderen Orient durchführte, für Lawrence ein bescheidenes Stipendium erlangte und ihm die Möglichkeit bot, zwischen 1909 und 1914 mehrere Monate jährlich an Ausgrabungsarbeiten in Karkemisch, Nordsyrien, und im Sinai teilzunehmen und zugleich seine Dissertation zu schreiben. Die Briefe aus dieser Zeit lassen weder ahnen noch gar vermuten, daß hier eine irgendwie besondere, geschweige denn große Persönlichkeit heranwächst; was er an die Mutter, die Brüder, die Freunde schreibt, ist meistens belanglos, manchmal etwas übermütig, nicht selten albern. Der junge Student jedenfalls hat nicht die geringste Vorstellung, was er einmal werden will; er lebt dahin, hilft bei Ausgrabungen, durchwandert – oft wochenlang – die Wüste, lernt ein paar Worte Arabisch, besichtigt Kreuzritterburgen, wird von Kurden überfallen und »ziemlich arg zugerichtet«, und in einem Brief an Sir John Rhys, den Rektor des Jesus College in Oxford, berichtet er am 24. September 1909 aus Aleppo: »Ich habe eine herrliche Fußwanderung hinter mir (Einzelheiten werden Sie natürlich nicht interessieren) und war die ganze Zeit allein. Daher habe ich vielleicht, und weil ich wie ein Araber unter Arabern lebte, eine bessere Einsicht in das Leben dieses Volkes bekommen als diejenigen, die mit Karawanen und Dolmetscher reisen. Ungefähr 37 von den reichlich 50 Burgen lagen auf meinem Weg, und bis auf eine habe ich sie alle besucht; über viele ist noch nie etwas veröffentlicht worden, und so habe ich natürlich viele Grundrisse, Skizzen und Photographien gemacht. Nebenbei habe ich ungefähr 30 hethitische Siegel gekauft. Herr Hogarth bat mich bei meiner Abreise, ihm so viele mitzubringen, wie mir zu Gesicht kommen würden. Die wertvollen sollen in die Sammlung im Ashmolean-Museum wandern...«

Der wohl umfangreichste Brief, den er je geschrieben hat, ist an seine Mutter gerichtet und wurde am 2. August 1909 im Hotel Victoria in Beirut geschrieben. Der Brief umfaßt mehr als eintausend Zeilen und gibt eine sehr detaillierte Schilderung seines ersten Fußmarsches rund um den See Genezareth durch fast ganz Galiläa. Obwohl knapp einundzwanzig Jahre alt, hält man ihn »meistens für fünfzehn, und man ist erstaunt, daß ich allein und zu Fuß reise...« Er besucht Tiberias, Safed, Nazareth, Banias (Caesarea Philippi), Kapernaum, Chorazim, übernachtet fast ausschließlich bei Einheimischen, besichtigt Kreuzritterburgen, beobachtet Gazellen, Dachse, Wölfe, Eidechsen, Skorpione und Schlangen, befindet, »Palästina ist für kein Lebewesen einladend« und sucht Trost bei dem Gedanken, »daß das Land zur Zeit unseres Herrn ganz anders ausgesehen hat«, denn: »überall stößt man auf Reste herrlicher römischer Straßen, Wohnhäuser und öffentlicher Gebäude. Galiläa war die am stärksten romanisierte Provinz von Palästina. Das Land war damals auch sehr bevölkert und durch Wasserleitungen gut bewässert. Hinter Kapernaum ging man nicht 30 Kilometer weit nur durch Disteln! und auf dem Weg um den See stieß man nicht auf schmutzige und zerschlissene Beduinenzelte, deren Insassen dich zu einer Unterhaltung aufforderten, während elende Köter nach deinen Beinen schnappten. Damals war Palästina ein schönes und kultiviertes Land, und es könnte leicht wieder dazu gemacht werden. Je eher Juden es wieder besiedeln, desto besser...«

Drei Wochen später ist er in Latakia und bereitet sich vor auf seine Rückkehr nach England. Seine Gefühle sind zwiespältig: »Es wird mir sehr schwerfallen, wieder Engländer zu werden. Hier bin ich in meinen Gewohnheiten ganz arabisch geworden.«

Von Ende 1910 bis kurz vor Kriegsausbruch 1914 war Lawrence vor allem in Karkemisch, dem heutigen Dscherablus, das am Euphrat, etwa 100 Kilometer nordöstlich vom syrischen Aleppo liegt. Warum D.G. Hogarth neben den beiden Archäologen Leonard Woolley und Campbell Thompson den ungelernten T.E. Lawrence nach Karkemisch verpflichtete, ist ungewiß; Richard Aldington vermutet, »daß Hogarth beabsichtigte, ihn zu seinem Nachfolger zu machen«.

Anfang 1911 lernte er zum ersten und einzigen Mal

systematisch Arabisch. Seine Lehrerin hieß Faridah el Akle, war damals Ende zwanzig, und in meinem Dokumentarfilm von 1962 berichtet sie, Lawrence habe bei ihr innerhalb von drei Monaten arabisch lesen, schreiben und sprechen gelernt, und zwar »sehr leicht und sehr gut«, nur: wie leicht und wie gut Lawrence arabisch gesprochen hat (lesen konnte er es nach eigenen Angaben nie), ist, wie so vieles bei ihm, umstritten, zumal er sich selber widerspricht; seinen Wortschatz beziffert er mal mit fünftausend, mal mit zwölftausend Wörtern, und je nach Stimmung und Laune weist er in späteren Briefen darauf hin, daß er auch Dialekte habe verstehen und unterscheiden können.

Seine wissenschaftliche Arbeit über die Kreuzritterburgen hatte er 1910 abgeschlossen, die Universitätsprüfung mit Auszeichnung bestanden. Der ungelernte Archäologe, der für die Ausgrabungsarbeit in Karkemisch fest engagiert war, erlaubte sich jedoch, von dort aus immer wieder weite, wochenlange Reisen zu unternehmen, und wenn es sich einrichten ließ, nahm er einen jungen Araber mit auf seine Entdeckungsfahrten, über den David Garnett in »T. E. Lawrence: Selbstbildnis in Briefen« schreibt: »Unter den Arbeitern, die für die Ausgrabungen eingesetzt wurden, fielen zwei besonders auf: Scheik Hamoudi, gewöhnlich ›der Hoja‹ genannt, der erste Vorarbeiter, damals ungefähr dreißig Jahre alt, und Scheik Ahmed, für gewöhnlich Dahoum genannt (ein Spitzname, der Dunkelheit bedeutet, weil er sehr blaß war), der eine besonders reizvolle und ausgeprägte Persönlichkeit war und sich auf eigene Faust beigebracht hatte, ein paar Worte zu lesen. Er wollte mit dem Geld, das er sich als Diener der Expedition verdiente, später eine Schule besuchen. Lawrence fand in ihm nicht nur einen gelehrigen Schüler, den er im Lesen und Photographieren unterrichtete, sondern auch einen ihm verwandten Charakter, der freudig jede Gefahr und Entbehrung mit ihm teilte und sein intimster Freund unter den Arabern wurde.«

Wie »intimst« diese Beziehung war, ist ungeklärt; fast alle Biographen jedoch machten Dahoum zur Schlüsselfigur für Lawrences Homosexualität.

Von seiner eigentlichen Tätigkeit, den archäologischen Ausgrabungen nämlich, ist in den Briefen fast nie die Rede. Mag sein, daß er seine Mutter damit nicht langweilen wollte; aber auch in den Briefen an seine Brüder oder Freunde kommt das Thema Archäologie kaum vor. »Die Ergebnisse unserer Ausgrabungen werden in der *Times* veröffentlicht, sobald Herr Hogarth wieder in England sein wird. Sie sind bis jetzt mager und nicht sehr befriedigend, aber das ist wie bei der Büchse der Pandora: ganz unten sitzt immer die Hoffnung...« Was ihn beeindruckt und bewegt, sind vor allem die Menschen, die am Rande der Wüste, an den Flußufern oder in den Lehmhütten der Städte leben, über die es »kein Buch gibt von jemandem, der an Ort und Stelle gewesen ist, Baedeker ausgenommen«. Und eben dieses Bewußtsein, der einzige Augen- und Ohrenzeuge zu sein, verleitet ihn immer wieder dazu, sich erfundene, gelogene Geschichten auszudenken, die er mit viel Geschick und noch mehr Phantasie als selbst erlebt von sich gibt. Wie oft er schon damals in »arabischer Tracht« umhergereist ist, läßt sich ebensowenig überprüfen wie seine Arabischkenntnisse, und was die Weggefährten aus jenen Tagen dreißig oder vierzig Jahre später berichten, ist eben auch nicht mehr zuverlässig; aus dem jungen Studenten Ned von damals ist inzwischen T.E. Lawrence, König von Arabien, geworden, die Chefs von ehedem erstarren in Ehrfurcht, Sir C.L. Woolley gesteht freimütig: »Ich war damals noch nicht einsichtig genug, sein Genie zu erkennen...«. Wie auch sollte er? Ob sich Lawrence schon damals, wie manche Biographen behaupten, zahlreiche Wegstrecken eingeprägt habe, die im Krieg 1916/18 strategische Bedeutung erlangten, bleibt ebenso zweifelhaft wie seine erste Kontaktnahme mit dem britischen Geheimdienst. Seine Begabung dagegen, Landschaften zu schildern und zu charakterisieren, findet sich in diesen frühen Briefen schon ausgeprägt wieder. So schreibt er über die damals noch kaum berührte Nabatäerstadt Petra: »Petra ist der herrlichste Ort der Welt. Nicht wegen seiner Ruinen, die durchaus zweitrangig sind, sondern wegen der Farbe seiner Felsen, die ganz rot und schwarz sind mit grünen und blauen Streifen, in kleinen krausen Linien... und wegen der Form seiner Klippen und Spitzen und wegen seiner wundervollen Schlucht, in der das Quellwasser dahinschießt und die voll Oleander steht, und Efeu und Farnen, und gerade breit genug ist für ein Kamel und mehrere Kilometer lang. Ich habe da eine Unmenge sehr schön geschriebener Berichte darüber gelesen, doch sie geben überhaupt keinen Begriff davon... und ich bin sicher, daß ich es nicht einmal so gut beschreiben kann, also wirst Du nie erfahren, was Petra nun eigentlich ist, falls Du nicht selbst hierherkommst... Du darfst Dir nur nicht einreden, daß Du eine Ahnung hast, wie schön etwas sein kann, solange Du das nicht gesehen hast.«

Der Krieg

Als der Erste Weltkrieg ausbrach, war Lawrence in London. Er arbeitete an einem Buch über die Wüste Sinai – »The Wilderness of Zin«. Und an Liddell Hart schreibt er später: »Ich habe nicht versucht, mich freiwillig zu melden.« Sehr wahrscheinlich hatte er Kontakte aufgenommen und sich bemüht, als Kartograph im Kriegsministerium unterzukommen. Auf Fürsprache seines alten Lehrers Hogarth gelang ihm das auch; Ende 1914 ist er bereits als Kartenoffizier in Kairo, fällt auf durch Arroganz, Überheblichkeit und Besserwisserei, wird versetzt an das gerade gegründete Arabische Amt in Kairo, das auch eine geheime Zeitschrift, »The Arab Bulletin« – »Die Arabischen Hefte« – herausgibt und dazu bestimmt war, das Auswärtige Amt, die Oberkommandos in Indien, Ägypten, dem Sudan und Mesopotamien über Arabien und die politischen Entwicklungen dort auf dem laufenden zu halten. In »Selbstbildnis in Briefen« schreibt der Herausgeber und Lawrences Freund David Garnett über diese Zeit: »Mit Hilfe des Arabischen Amtes, der Arabischen Hefte und seiner eigenen Initiative hatte Lawrence die Freiheit erlangt, selbständig zu handeln, seine Ideen gewürdigt zu sehen und zu ihrer Verwirklichung ein paar Schiffsladungen Waffen und Goldsäcke und später ein paar ausgebildete Leute zu erhalten, die zu organisieren verstanden, Autos lenken und Unterricht am Maschinengewehr geben konnten...« »Alle unterworfenen Provinzen des britischen Weltreichs waren mir nicht einen toten englischen Soldaten wert«, schrieb er in der Einleitung zu der Oxforder Fassung der »Sieben Säulen der Weisheit«, und das stolze Wort entspricht beinahe der Wahrheit. Er gewann seine Siege, ohne mehr als eine Handvoll Engländer dabei in Gefahr zu bringen. Diese Siege wurden nicht errungen, um neue unterworfene Provinzen dem britischen Reich hinzuzufügen, sondern damit die Araber, die er liebte und unter denen er gelebt hatte, ein freies Volk werden konnten, und um die arabische Zivilisation zu neuem Leben zu erwecken.

Nur wenige von Lawrences Briefen aus dem Krieg sind veröffentlicht worden. Die Adressaten haben die Herausgabe verweigert, aus welchen Gründen auch immer. Andererseits wird Lawrence während der Kriegsjahre nicht sehr viele Briefe geschrieben haben; die Post wurde zensiert, und in einem Brief an seine Mutter macht er sich über die Zensoren lustig. Bis zu seinem Eintritt in den Dienst der arabischen Armee fällt er nicht besonders auf. An Hogarth schreibt er am 15. 1. 1915 aus Kairo: »Niete! Sitze Tag für Tag in einem Büro, kleistere ein Stückchen Meldung ans andere und mache kleine geographische Einzelberichte aus dem Gedächtnis...« Ebenfalls an Hogarth, gut zwei Monate später, am 22. März 1915, steht dann eine Bemerkung von Lawrence, die ebenso unglaublich wie rätselhaft ist. Sie lautet: »Ich möchte sie – die arabischen Mächte – alle zusammenfassen und Syrien vom Hedschas her im Namen des

Kalifen aufrollen...« Drei Jahre später hatte er dieses Ziel erreicht.

Ob Lawrence schon in den Kriegsjahren 16/18 daran gedacht hat, einmal ein Buch über sein arabisches Abenteuer zu schreiben, ist umstritten. Ein Brief an Colonel Wilson vom 2. 9. 1917 spricht dafür: »Es ist jedenfalls vorwärts gegangen, und die Geschichte wird es einen Erfolg nennen, aber ich hoffe, daß die Schwierigkeiten, mit denen das Unternehmen zu kämpfen hatte, genauso deutlich hervortreten werden. Alle meine Erinnerungen daran sind angenehm (was ich natürlich Dir in großem Ausmaß verdanke, denn eigentlich dürfte das nicht so sein), und wenn ich jemals mein Buch darüber herausbringen kann, will ich versuchen, daß andere Leute das begreifen.«

Die Besetzung Akabas, von Lawrence immer wieder als seine eigene Großtat hervorgehoben, wird auch im Arab Bulletin beschrieben. Sie weicht von der Beschreibung in den »Sieben Säulen« nur unwesentlich ab, aber sie ist unmittelbar nach dem Ereignis geschrieben worden, die Erinnerung ist noch frisch und ungezügelt, die Bewertung von Mitstreitern wahrscheinlich offener, ehrlicher und ohne Retusche. So berichtet er über den tollkühnen arabischen Scheich Auda im Arab Bulletin Nr. 59: »Die arabischen Verluste in dem Kampf beliefen sich auf zwei Tote... und verschiedene Verwundete... Wenn man die Heftigkeit des Gefechts berücksichtigt, die allgemeine Verwirrung, das dichte Aufeinandertreffen der beiden Gegner und die türkischen Verluste, waren wir wirklich sehr günstig davongekommen. Mehrere Pferde waren während des Kavallerielangriffes verletzt worden, und Auda selbst (natürlich immer in vorderster Linie) wäre beinahe nicht mit dem Leben davongekommen, denn zwei Kugeln zertrümmerten ihm den Feldstecher, eine schlug ihm durch die Revolvertasche, drei trafen sein Schwert, das in der Scheide steckte, und das Pferd wurde unter ihm erschossen. Ihm machte die ganze Sache ein wildes Vergnügen.«

An den Kommandanten von Akaba, Major R.H. Scott, schreibt Lawrence am 14. 10. 1918 aus Kairo: »Dieser alte Krieg geht seinem Ende zu, und ich werde wohl nicht mehr gebraucht...«

An einen seiner besten, wohl auch ältesten Freunde, den er 1905 als junger Student in Oxford kennengelernt hatte, schrieb Lawrence am 15. 7. 1918 einen Brief, der nicht nur offen und ehrlich wirkt, sondern wohl auch sein klarstes Bekenntnis ist, das er über sich und seine arabischen Abenteuer je gegeben hat. Der Adressat des Briefes ist V.W. Richards; der Brief lautet: »Es war großartig, Deine Schrift wiederzusehen, und sehr schwer, sie zu lesen; auch sehr erfreulich, einen Brief zu bekommen, der nicht anfängt ›Unter Bezugnahme auf Ihr GS 102487 b vom 45.‹ Militärstil ist etwas Schlimmes, und man bekommt ihn so häufig vorgesetzt, daß man Ansteckung für seinen eigenen befürchtet. Ich kann jetzt überhaupt an niemanden schreiben. Dein Brief erreichte mich in Aba Lissan, einem kleinen Bergfort auf dem arabischen Hochplateau südöstlich vom Toten Meer, und ich nahm ihn mit hinab nach Akaba, nach Dschidda und dann hierher, um ihn zu beantworten. Trotzdem habe ich ihn erst einen Monat, während Du ihn vor drei Monaten schriebst. Wenn dieser Brief von einem

U-Boot geschnappt wird, ist es für die nächsten drei Jahre wieder vorbei.

Ich dachte immer, daß Deine Augen Dich von allem Militärdienst befreien müßten und daß Du infolge dessen in Deiner Entwicklung nicht gestört würdest. Ich selbst, ich bin so heftig entwurzelt und so tief in eine Aufgabe gestoßen worden, die zu groß für mich ist, daß mir alles seine Wirklichkeit verloren zu haben scheint. Ich habe alles aufgegeben, was ich früher getan habe, und lebe nur noch wie ein Dieb von der Gelegenheit, indem ich mir den Augenblick greife, wo und wann ich ihn finde. Meine Familie hat Dir wahrscheinlich gesagt, daß die Aufgabe darin besteht, einen arabischen Aufstand gegen die Türkei anzufachen, und aus diesem Grund muß ich mir Mühe geben, mein primitives Äußeres zu verbergen und so wenig wie möglich aus dem arabischen Rahmen zu fallen. Es ist also eine recht ungewohnte Bühne, auf der man Tag und Nacht zu spielen hat, im Kostüm und in fremder Sprache, und immer fühlt man das Gespenst des Mißerfolges über dem Kampf schweben, wenn man seine Rolle nicht gut ausfüllt.

Du hast richtig erkannt, daß das Arabische meine Einbildungskraft sehr anregt. Es ist die alte, alte Zivilisation, die sich langsam von Hausgötzen und der Hälfte der Schnörkelei befreit hat, die die unsere sich anzunehmen beeilt. Das Evangelium materieller Bedürfnislosigkeit ist schön; es bedingt offenbar auch eine gewisse moralische Bedürfnislosigkeit. Die Araber denken nur an den Augenblick und versuchen durch das Leben zu schlüpfen, ohne die Richtung zu ändern oder gar Berge besteigen zu müssen. Teilweise ist es eine geistige und moralische Ermattung, eine Rasse hat sich verbraucht, und um Konflikten zu entgehen, müssen sie vieles über Bord werfen, was wir für ernst und ehrenvoll halten. Und ohne daß ich in irgendeinem Punkt ihre Ansichten teile, kann ich sie, glaube ich, gut genug verstehen, um sie nicht zu verurteilen und um mich selbst und andere Ausländer mit ihren Augen zu betrachten. Ich weiß, daß ich für sie ein Fremder bin und es stets bleiben werde, aber für etwas Schlechteres kann ich sie ebensowenig halten, wie ich mich jemals ihrer Art anpassen könnte.

Dies ist eine breite Vorhalle, um zu erklären, warum ich unausgesetzt Eisenbahnzüge und Brükken in die Luft zu sprengen versuche, statt nach der Quelle am Ende der Welt zu forschen. Jedenfalls haben diese Jahre der Abtrennung mich von allen Wünschen geheilt, je wieder etwas für meine eigene Person zu unternehmen. Wenn man mir die Fesseln einst löst, werde ich in mir keinen Sporn zu Aktivität mehr finden. Aber an das Nachher denkt man nicht. Die ganze hier zugebrachte Zeit gleicht von Anfang an einem jener Träume, die für Äonen festgebannt scheinen, und dann wacht man plötzlich auf und hat nicht die leiseste Erinnerung mehr daran. Der einzige Unterschied ist, daß aus diesem Traum viele nicht wieder zu diesem Leben erwachen.

Ich kann mir schwer vorstellen, was meine Leute Dir erzählt haben mögen. Bis jetzt haben wir nur den Grundstein und die Verankerung unseres Aufstandes vorbereitet und stehen noch nicht einmal am Rand einer Aktion. Ob wir, sobald wir losschlagen, gewinnen oder verlieren – darüber komme ich nicht einmal mit mir selbst ins Reine. Das Ganze ist ein Glücksspiel, und mit Überzeugungskraft kann man das mit offenen Augen Geträumte nicht durchdringen. Wenn wir Erfolg haben, ist das mir anvertraute Material gut benutzt worden; es ist also nichts mit Deinem Rampenlicht. Wenn wir Mißerfolg haben – und sie haben Geduld –, dann werden wir wahrscheinlich zum Ausgraben von Grundmauern zurückkehren. Wenn sich alles erfüllt, wird es eine große Enttäuschung sein, aber nicht so groß, daß man davon aufgeweckt wird.

Du hast Dich offenbar seit 1914 sehr verändert. Das ist ein Privileg, das Du Dir dadurch errungen hast, daß Du so lange der Vernebelung fernbleiben konntest. Wir übrigen werden Dir wie gealterte Studenten vorkommen, die vielleicht noch nicht merken, wie schlecht ihnen ihr graues Haar steht. Aus diesem Grund kann ich Deinen Schritten weder folgen, noch zu ihnen zurückkehren. Ein Haus, mit dem kein Zwang verbunden wäre, etwas zu tun, Ruhe und Freiheit, zu denken und sich abseits zu halten, wie es einem beliebt – ja, ich glaube, Verzicht, die Möglichkeit, alles im Stich zu lassen und die andern immer noch vorbeigehen zu sehen, ist das, was ich heute wählen würde, wenn endlich die Hetzjagd aufhörte. Dies mag nur eine Reaktion auf die vier Jahre sein, in denen man von der Hand in den Mund lebte, und es lohnt sich nicht, sie in Begriffe von Örtlichkeiten und Beschäftigungen aufzulösen.

Das Ideal ist natürlich das der Lords, die die Sicherheit haben, weiter zu bestehen; nur fürchte ich, daß es für uns keine Sicherheit gibt. Für sehr wenige würde auch das Glück in vollkommenem Schweigen liegen. Diese Worte Friede, Schweigen, Ruhe und ähnliche nehmen inmitten von Lärm und Sorge und Ermattung eine Lebendigkeit an wie ein beleuchtetes Fenster in der Nacht. Aber was, in aller Welt, kann ein beleuchtetes Fenster Gutes tun? Vielleicht denkt man es nur, weil man überanstrengt und müde ist. Du weißt, welches Fest bei einem Marsch über eine nicht endende Ebene ein Berg darstellt (und wäre er der schlimmste Berg der Erde); und nach sengender Hitze wird kaltes Wasser zu einer Sensation (was hätte man früher zu diesem Wort gesagt?), die es in den Augen eines Moorbauern niemals zu werden vermag. Vielleicht bin ich nur ein beliebter Film, der schwarz und weiß durch die Gegenstände geworden ist, die auf ihm projiziert wurden. Und wenn das so ist, gibt's eine Hoffnung, daß die nächste Woche, das nächste Jahr, das Morgen schon für das Heute zurechtgemacht werden kann?

Dies ist ein idiotischer Brief und enthält nichts anderes als einen Schrei nach neuer Veränderung, was Albernheit ist, denn ich ändere meine Bleibe jeden Tag, meine Tätigkeit jeden zweiten Tag und meine Sprache alle drei Tage und bin trotzdem niemals befriedigt. Ich hasse es, vorn zu sein, und ich hasse es, hinten zu sein, und ich liebe keine Verantwortung, und ich gehorche keinem Befehl. Das hat alles im Augenblick keinen Zweck. Eine lange Stille, die einer Säuberung gleicht, und dann Betrachtung und Entscheidung über künftige Wege – das ist etwas, worauf zu hoffen sich lohnt...«

Zwischenstation

Schon kurz nach der Besetzung Akabas muß Lawrence klar gewesen sein, daß die Versprechungen, die er, zumindest *auch* er, den Arabern gemacht hatte, nicht einzuhalten waren. In den »Sieben Säulen« nimmt er dazu Stellung: »Der arabische Aufstand hatte unter falschen Voraussetzungen begonnen. Um die Hilfe des Scherifs zu gewinnen, hatte unser Kabinett durch Sir Henry McMahon die englische Unterstützung bei der Errichtung selbständiger Regierungen in Syrien und Mesopotamien zugesagt, ›soweit dadurch nicht die Interessen unserer französischen Verbündeten berührt werden‹. Hinter dieser unbestimmten Klausel verbarg sich ein Vertrag (der vor McMahon und daher auch vor dem Scherif geheimgehalten wurde, bis es zu spät war), in dem Frankreich, England und Rußland übereinkamen, ein Teil der den Arabern zugesagten Gebiete zu annektieren und den ganzen Rest in Einflußsphären unter sich aufzuteilen.

Gerüchte von diesem Betrug waren über die Türkei den Arabern zu Ohren gekommen. Im Osten schenkt man Personen mehr Vertrauen als Institutionen. So verlangten die Araber von mir, die meine Freundschaft und Aufrichtigkeit im Kampfe erprobt hatten, daß ich als unabhängiger Vertreter die Versprechungen der englischen Regierung bestätigen sollte. Ich hatte keine genauere Kenntnis von den Zusicherungen McMahons und dem Sykes-Picot-Abkommen gehabt, die beide vom Auswärtigen Amt in London ausgegangen waren. Aber da ich kein Tor war, konnte ich ohne weiteres erkennen, daß im

Falle unseres Sieges die den Arabern gemachten Zusagen nicht viel mehr als ein Fetzen Papier sein würden. Wäre ich ein ehrlicher Ratgeber gewesen, so hätte ich den Leuten sagen müssen, nach Hause zu gehen und nicht länger ihr Leben für eine solche Gaukelei aufs Spiel zu setzen. Aber die arabische Bewegung war eines unserer Hauptwerkzeuge, um den Krieg im Osten zu gewinnen. Daher gab ich ihnen die Versicherung, daß England sein Wort dem Sinne und Buchstaben gemäß halten würde. Im Vertrauen darauf brachten die Araber ihre großen Leistungen zustande; aber anstatt stolz zu sein auf unsere gemeinsamen Taten, nagte an mir begreiflicherweise dauernd eine bittere Scham.«

Nach dem Krieg mühte er sich ab, zu retten, was noch zu retten war. Der Erfolg war bescheiden, auch beschämend; die »Schlacht im Beratungszimmer«, die Lawrence noch in den »Sieben Säulen« gewinnen wollte, war von Beginn an verloren.

Im Januar 1919 taucht bei der Friedenskonferenz in Paris auch Lawrence auf. Seine Funktion? Er begleitet Emir Feisal, dem er sich in Arabien verschworen hatte, und Emir Feisal soll im Auftrag seines Vaters, König Hussein, dafür sorgen, daß die Araber, gerade dem osmanischen Joch entronnen, nun endlich die ihnen versprochene Freiheit erlangen sollten. Feisal war in Paris unerwünscht. Die Sieger, allen voran Clemenceau und Lloyd George, dachten nicht daran, einen arabischen Emir auch nur halbwegs ernst zu nehmen, um so weniger seinen englischen Berater, der sich, dazu noch im »Kostüm« eines Emirs von Mekka, ohnehin allzu dreist und selbstgefällig im Kreise der vier Großen aufführte.

In »Lawrence und seine Freunde« schildert Winston Churchill das Erscheinen von Lawrence in Paris: »Es stellte sich sehr bald heraus, daß seine Sache in Paris nicht sehr günstig stand. Er war immer in der Gesellschaft von Feisal, als dessen Freund und Dolmetscher. Er hat ihm ausgezeichnete Dienste geleistet. Er machte sich nichts aus seinen englischen Beziehungen, dachte nicht an seine eigene Karriere, sondern kümmerte sich nur um das, was er als seine Pflicht gegen die Araber ansah. Er hatte heftige Auseinandersetzungen mit den Franzosen. Er stellte sich Clemenceau verschiedentlich in langen Unterredungen. Das war ein Gegner aus gleichem Stoff. Der alte ›Tiger‹ hatte ein Gesicht, das so wild werden konnte wie das von Lawrence, das gleiche unerschrockene Auge, die gleiche Willenskraft. Clemenceau hatte viel Verständnis für den Osten; ein kühner Mann konnte großen Eindruck auf ihn machen, und er bewunderte die Taten, die Lawrence vollbracht hatte, wie er dessen Genie bewunderte. Aber das Interesse Frankreichs an Syrien war hundert Jahre alt. Der Gedanke, daß Frankreich, das in den Gräben von Flandern beinahe verblutet war, aus dem Großen Krieg hervorgehen sollte ohne den gebührenden Anteil an den eroberten Gebieten, war ihm unerträglich und wäre auch von seinen Landsleuten auf das heftigste zurückgewiesen worden.

Es ist bekannt, was dann geschah. Nach langen und heftigen Streitereien, in Paris wie im Osten, übertrug die Friedenskonferenz das Mandat über Syrien auf Frankreich. Als die Araber sich dieser Entscheidung mit Gewalt widersetzten, vertrieben die französischen Truppen den Emir Feisal aus Damaskus nach einem Kampf, in dessen Verlauf einige der tapfersten arabischen Führer getötet wurden. Die Franzosen besetzten das ganze herrliche Land, unterdrückten alle Revolten mit unnachsichtiger Strenge, und herrschen dort bis auf den heutigen Tag vermittels einer sehr starken Armee...«

Der arabische Traum von der Unabhängigkeit erfüllte sich also nicht. Syrien, Mesopotamien, Palästina und der Hedschas, die bis Kriegsende zum osmanischen Reich gehört hatten, waren zusammengebrochen; die europäischen Mächte konnten die Überreste unter sich aufteilen. Syrien fiel an Frankreich, Irak und Palästina an Großbritannien. Und Lawrence beschwerte sich in einem Brief an die *Times*, der am 11. 9. 1919, allerdings gekürzt, veröffentlicht wurde. Darin heißt es:

»Sehr geehrte Herren, Ihr Mitarbeiter in Syrien hat sich soeben mit den britischen Versprechungen befaßt, die den Franzosen und den Arabern gemacht wurden. Da ich beim Stab des Prinzen Feisal Zugang zu den fraglichen Dokumenten hatte und da ich wahrscheinlich die einzige unparteiische Privatperson in Europa bin, die Bescheid weiß, könnte ich vielleicht dazu beitragen, die Angelegenheit dieser Versprechungen zu klären. Es handelt sich im ganzen um vier.

Dokument I. Das britische Versprechen an König Hussein vom 24. Oktober 1915. Unter der Voraussetzung eines arabischen Aufstands erkennt es die Unabhängigkeit der Araber an, und zwar südlich vom 37. Breitengrad, abgesehen von den Provinzen von Bagdad und Basra, wo die britischen Interessen besondere Maßnahmen für die Ausübung einer Zivilverwaltung verlangen, und abgesehen von den Gegenden, wo Großbritannien nicht unabhängige Regelungen treffen kann, ohne den französischen Interessen zu schaden.

(NB. Hussein hat für sich persönlich keine Machtstellung verlangt, auch keine besondere Regierungsform.)

Dokument II. Das Sykes-Picot-Abkommen zwischen England und Frankreich vom Mai 1916. Es teilt die arabischen Provinzen der Türkei in fünf Zonen; ungefähr: a) Palästina vom Jordan bis zum Mittelmeer soll international werden. b) Haifa und Mesopotamien von der Gegend von Tekrit bis zum Golf soll britisch werden. c) Die syrische Küste von Tyrus bis nach Alexandretta, Cilicien und die Hauptteile von Südarmenien, von Sivas bis Diarbekir, sollen französisch werden. d) Das Landinnere (hauptsächlich die Provinzen von Aleppo, Damaskus, Urfa, Deir und Mosul) sollen unabhängig arabisch unter zweierlei Arten von Einfluß werden:

1. Zwischen den Linien Akaba–Kuweit und Haifa–Tekrit bestehen die Franzosen auf keinem politischen Einfluß, während England die wirtschaftliche und politische Priorität genießt und das Recht hat, solche Berater zu stellen, wie die Araber sie wünschen.

2. Zwischen den Linien Haifa–Tekrit und der Südecke von Französisch-Armenien oder Kurdistan sucht Großbritannien keinen politischen Einfluß, während die Franzosen die wirtschaftliche und politische Priorität haben und das Recht, solche Berater zu stellen, wie die Araber sie wünschen.

Dokument III. Die britische Erklärung vor den sieben Syrern in Kairo vom 11. Juni 1917. Sie gibt die Versicherung ab, daß arabische Staaten, die vor dem Krieg bestanden, und arabische Gebiete, die durch militärische Operationen ihrer Bewohner während des Kriegs befreit wurden, völlig unabhängig bleiben sollen.

(NB. Diese Versicherung erfolgte ohne Berechtigung und hätte in Widerspruch mit den Dokumenten I oder II stehen können, aber sie wurde örtlich durch ein Abkommen zwischen Allenby und Feisal bestätigt, wonach die arabischen Truppen fast ausschließlich in den Gebieten operierten, die den Arabern in Dokument II zugesichert waren.)

Dokument IV. Die englisch-französische Erklärung vom 9. November 1918. Hierin bekunden England und Frankreich übereinstimmend, daß sie für örtliche Regierungen in Syrien und Mesopotamien eintreten wollen, ohne dabei die Verpflichtung zu übernehmen, das normale Funktionieren von Regierungen zu garantieren, die von den betreffenden Völkern auf eigene Faust eingesetzt worden sind.

(NB. Dies wurde im Orient ausgelegt, als würden die direkten britischen und französischen Zonen b) und c) von Dokument II in Einflußsphären umgewandelt. Der Verfasser von Dokument I war Sir Henry McMahon. Die Dokumente II und III stammen von Sir Mark Sykes. Lord Robert Cecil bestätigte IV. Alle kamen unter dem Zwang militärischer Notwendigkeit zustande: sie sollten die Araber veranlassen, auf unserer Seite zu kämpfen.)

Ich vermag innerhalb dieser vier Dokumente keine Widersprüchlichkeit oder Zusammenhanglosigkeit zu entdecken, und ich kenne niemanden, dem es anders geht.

Man wird fragen, worum es sich bei all den Schwierigkeiten zwischen Engländern, Franzosen und Arabern handelt. Hauptsächlich darum, daß das Abkommen von Dokument II sich nicht ausführen läßt und daß es insbesondere weder dem britischen noch dem französischen Standpunkt entspricht.

Da es aber in gewissem Sinn den Freibrief der Araber darstellt und ihnen ein Anrecht auf Damaskus, Homs, Hama, Aleppo und Mosul einräumt, wobei sie sich die Ratgeber aussuchen können, die ihnen nötig erscheinen, ist die unvermeidliche Revision dieses Abkommens eine sehr heikle Angelegenheit und kann wohl von England und von Frankreich kaum befriedigend gelöst werden, ohne daß der dritten Partei dabei eine gewichtige Stimme eingeräumt wird, den Arabern, deren Interessen der Anlaß der Vereinbarung waren.

T. E. Lawrence«

Zu retten war nichts mehr.

Zwar berief Winston Churchill, der 1921 Kolonialminister wurde, Lawrence als Berater für arabische Angelegenheiten in sein Amt, aber: mit dem glorreichen Einzug in Damaskus 1918 war die glorreiche Zeit des T. E. Lawrence zu Ende. Und während er unter falschem Namen in der Versenkung verschwand, wurde sein wirklicher Name immer bekannter und legendärer; der Ruhm kam über ihn.

Der Schriftsteller

Am 3. August 1922 verpflichtet sich Lawrence, als einfacher Soldat der Royal Airforce beizutreten, und wird unter dem Namen John Hume Ross eingezogen. Anderthalb Jahre später, im März 1923, entlarven britische Zeitungen seine Identität; da Lawrence sich weigert, wieder Offiziersrang anzunehmen, wird er entlassen. Aber schon im März 1923 gelingt es ihm – durch Beziehungen zum Kriegsministerium – unter dem Namen T.E. Shaw ins Heer einzutreten. Mehrere Versuche, wieder in die Royal Airforce aufgenommen zu werden, scheitern. Lawrence äußert hin und wieder Selbstmordabsichten, und in einem Brief an Edward Garnett schreibt er am 13. 6. 1925, daß er nur noch »einen beschissenen Dreck wert« sei und also »Schluß machen« werde. Garnett nimmt diese Selbstmorddrohung sehr ernst, schaltet George Bernard Shaw ein, und Shaw setzt sich für die Rückversetzung von Lawrence (alias Shaw!) in die Royal Airforce ein. Vom Jahr 1925 bis wenige Monate vor seinem Tod bleibt Lawrence als einfacher Soldat in der RAF.

Es ist immer wieder versucht worden herauszufinden, welche Motive Lawrence bewegt haben, sich nach dem Krieg vor der Öffentlichkeit und in der Verkleidung eines gewöhnlichen Soldaten versteckt zu halten. Die Biographen haben dafür Gründe angeführt, die zwar alle irgendwo und irgendwie einen Lichtspalt in die dunkelsten und verborgensten Seelennöte des T.E. Lawrence bringen mögen: den wahren Kern treffen sie nicht. Wahrscheinlich hätte ihn auch Lawrence selber nicht offenlegen können; auch er tastet im Dunkel, nennt einmal seine Scheu vor jeglicher Verantwortung, ein andermal seine Sehnsucht nach einem klosterähnlichen Leben; im übrigen widerspricht er sich im Laufe der Jahre immer wieder selber, so daß es den jeweiligen Biographen überlassen bleibt, welches Zitat sie jeweils passend parat halten. Vielleicht wird dieser Zwiespalt besonders deutlich in einem Brief vom 12. 11. 1922, den Lawrence an seinen Freund und Biographen Robert Graves schrieb; Lawrence war damals gerade zweieinhalb Monate Soldat bei der RAF: »Ich kann Ihnen tatsächlich nicht genau sagen, warum ich Soldat geworden bin. Vorgestern nacht wußte ich's (übrigens eine herrliche Nacht: ich fühlte mich wie ein Verbrecher, der auf das Tageslicht wartet); ich richtete mich hoch und schrieb alle Gründe auf, die ich dafür in mir sehen und fühlen konnte. Aber schließlich erbrachte das nicht mehr, als daß es ein notwendiger Schritt war, mir aufgezwungen durch meine Neigung, mich nach unten zu orientieren, durch die verzweifelnde Hoffnung, eine Gemeinsamkeit zwischen mir und andern Menschen herzustellen; durch den kleinen Wunsch, mich wieder etwas menschlicher zu machen, als ich in Barton Street geworden war; durch das Verlangen, im Mob des Durchschnitts selbst zum Durchschnitt zu werden; außerdem bin ich durch ein unvorhergesehenes Ereignis völlig am Ende, was Geld anlangt. All dieses sind Gründe. Aber wenn sie auch sehr bestimmend waren, so sind sie immer noch jämmerlich unzureichend. Ich wollte eben einfacher

Soldat werden, das ist alles; und ich bin auch jetzt manchmal noch froh, daß ich mir diesen Wunsch erfüllt habe. Das Ganze wird ein Schlaf fürs Gehirn, und ich werde weniger schrullig herauskommen, als ich hineingegangen bin, oder zum mindesten weniger schrullig in den Augen anderer Leute...«

»Ich habe eine Sehnsucht mein ganzes Leben gehabt, die Sehnsucht, mich in künstlerischer Form selbst ausdrücken zu können, aber ich bin zu unstet gewesen, um mir jemals die nötigen technischen Voraussetzungen zu schaffen.«

T.E. Lawrence an Liddell Hart

Von Kindheit an haben Lawrence schriftstellerische Fragen beschäftigt; er behauptet zwar in einem Brief an George Bernard Shaw vom 17. 8. 1922, daß »ich kein Schriftsteller bin und das Alter von dreißig Jahren erfolgreich überschritt, ohne den Wunsch verspürt zu haben, etwas zu schreiben...« Nur, diese Behauptung ist zweifellos falsch. Immerhin hatte er vor dem Krieg schon geschrieben, wenn auch vor allem archäologische Texte; darüber hinaus will er ja schon 1913 unter dem Titel »Die sieben Säulen der Weisheit« ein Buch geschrieben haben, wie er um fast dieselbe Zeit (1923) an seinen Freund R.V. Buxton schreibt; und es gibt zahlreiche Belege dafür, daß er, wie sein jüngster Bruder A.W. Lawrence mitteilt, an einem Buch unter dem Titel »Background of Christ (Der Hintergrund, die Umwelt von Christus)« geschrieben habe. Lawrence hat die »Odyssee« von Homer übersetzt, und nach den »Sieben Säulen« noch ein zweites Buch »The Mint« geschrieben, in dem er über seine Militärzeit bei der RAF berichtet. »The Mint« erschien als vollständige Ausgabe erst 1955, also zwanzig Jahre nach Lawrences Tod.

Auch über die Odyssee-Übersetzung und über »The Mint« gibt es in den Briefen von und an Lawrence zahlreiche Hinweise, und Lawrence hat einmal behauptet (in einem Brief an Edward Garnett), er würde »*The Mint* sogar etwas höher stellen« als die »Sieben Säulen«, nur zweifellos sind die »Sieben Säulen« das alles überragende literarische Werk des T.E. Lawrence, niemals später hat er es vermocht, die Faszination von Menschen, von Welt und Umwelt, von Sprache vor allem so gleichwertig und gleichwürdig zu bündeln und zu bändigen.

Lawrence hat sich in seinen Briefen über die »Sieben Säulen« sehr oft und meistens auch sehr ausführlich geäußert. Eine typische Bemerkung von ihm findet sich in einem Brief an Edward Garnett vom 9. 10. 1922, typisch vor allem deshalb, weil sie kennzeichnet, mit wieviel Klar- und mit wieviel Klugheit Lawrence sein eigenes Schreiben betrachtet und bewertet. Es heißt in dem Brief: »Der wichtigste Gradmesser für ein Buch besteht für mich darin, daß man, sooft man es gelesen hat, Lust verspürt, es wiederzulesen – irgendwann einmal. Es interessiert mich besonders, daß Ihnen die letzten fünfzig Seiten lebendig erscheinen: ich bin niemals imstande gewesen, sie richtig aufzunehmen; immer wenn ich soweit war, sind meine Augen dem Ende zugeeilt, und ich bin durch den letzten Kampf wie durch einen Traum gegangen. An diesen Seiten habe ich sehr hart gearbeitet, aber ich habe sie niemals in die richtige Perspektive bekommen, und ich hatte immer eine schleichende Furcht, daß sie flacher wären als der sechste und der siebente Teil (der Mißerfolg an der Brücke und der Winterfeldzug) und irgendwie nachhinken – ein schwacher Schluß. Für mich war es unmöglich, mit vollem Verstand durch ein so langes Buch hindurchzukommen, und ich habe immer gefürchtet, daß auch kein Leser Atem genug dafür hätte. Ihr Urteil, daß das Buch ein Zuviel darstellt, was die Länge angeht, scheint mir auch richtig, was Intensität und Tiefe anlangt. Als ich es schrieb, hatte ich kein Mitleid mit mir – und auch nicht mit meinen Lesern. Es ist eine Lautheit darin, die betäubt. Ein besserer Künstler würde die Wirkung eines Fortissimo mit kleinerer Instrumentierung erreicht haben, nur die Ungeschickten sind verschwenderisch.

Was Sie über die Seltsamkeit meines Gehirns sagen, überrascht mich nicht – aber es trägt dazu bei, meine Isoliertheit in diesem lärmenden Kasernenzimmer zu erklären. Ich könnte eine Wasserfliege in einer Welt von Wespen sein oder eine Wespe unter Wasserfliegen! Es ist kein sehr gemütlicher Ort. Aber wenn die Seltsamkeit meiner Situation schließlich ein ursprüngliches Buch hervorbringt, sollte ich mich über mein Schicksal wohl nicht beklagen...«

Ebenfalls in einem Brief an Edward Garnett (vom 12. 11. 1922) nimmt Lawrence Stellung zur Popularität des Schriftstellers. Ihm selber, behauptet er, bedeute sie nichts: »Um alle ›populären‹ Wirkungen drücke ich mich herum. Zum Beispiel machte ich mich eines Abends auf den Weg, eine Brücke zu zerstören, und fand sie von einem Arbeitertrupp besetzt. Beinahe wären wir draufgegangen: aber das sich vorzustellen, überlasse ich dem Leser. Beim Zurückkriechen trat ich (barfuß) auf eine Schlange. Diese Tatsache wird in einer Zeile erwähnt, während die nächsten vier Zeilen eine genaue und umständliche Schilderung (geschrieben mit der übertriebenen Genauigkeit von jemandem, der im Klubsessel sitzt) von der Spiegelung des Sternenlichts auf Felsboden bringen. Das ist es, was ich unter Perversion verstehe: man drückt sich um das Nächstliegende und Persönliche und betont das, was nicht zur Sache gehört, was ein Einäugiger (oder jemand, der mit dem Herzen bei seiner Arbeit ist) überhaupt nicht bemerkt haben würde. Daher fühlt sich das Buch nicht bodenständig an, aber Teile gefallen mir gut. Das Fest in den Zelten der Huweitat ist als Schaustück sehr gut gemacht, und außerdem sind Schaustücke erlaubt, wenn sie auch nicht so den Atem benehmen wie Raketen. Raketen sind überhaupt keine in den Sieben Säulen…«

Es liegt auf der Hand, daß Lawrence immer wieder gefragt worden ist, warum die »Sieben Säulen der Weisheit« zu seinen Lebzeiten nicht in aller Öffentlichkeit erscheinen durfte. Es liegt auf der Hand, daß ein Mann wie Lawrence immer wieder unterschiedliche, sich widersprechende Antworten gibt. Typisch für ihn ist eine Bemerkung aus einem Brief an die Frau von Thomas Hardy (vom 15.8.1923). Thomas Hardy, ein recht bekannter englischer Schriftsteller damals, war einer jener acht Auserwählten von Lawrence, der ein Exemplar der vollständigen Fassung der »Sieben Säulen« bekommen hatte. Lawrence beschreibt die Gründe seiner Geheimhaltung so: »Einer der Gründe, warum ich das Buch zurückhalte, besteht darin, daß ich es für pervers und verwirrend halte: ein Buch, das höchstwahrscheinlich dem normalen Leser viel mehr Schaden als Gutes tut. Es ist als die Schilderung einer politischen Bewegung gedacht, deren Wesentliches Betrug war, in dem Sinn nämlich, daß ihre Anführer nicht glaubten, was sie ihren Leuten erzählten, um sie vorwärtszutreiben; ferner ist es die wahre Schilderung eines Feldzugs, um darzustellen, von wie unerfreulichen Gedanken ein Heerführer geleitet werden muß.«

Über zeitgenössische Schriftsteller hat Lawrence ein erstaunlich treffendes, vor allem aber unbestechliches Urteil. Da er sich selber außer Konkurrenz sieht, fällt es ihm nicht schwer, seine Schriftstellerkollegen weder mißtrauisch noch gar neidisch zu bewerten. So hält er T.S. Eliot für den »wichtigsten lebenden Dichter«; sein Namensvetter D.H. Lawrence ist für ihn »ein richtig wunderbarer Mann«; der Ulysses von James Joyce erscheint ihm zwar als »langweiliges Zeug«, aber: »Joyce ist ein Genie«. Der »ungekrönte König von Arabien«, T.E. Lawrence, verehrt Tolstoj, aber auch William Butler Yeats oder Jens Peter Jacobsen, und sein Freund G.B. Shaw ist für ihn »keine riesige elektrische Ladung. Er ist eher ein Cocktail. Sehr nutzbringend und einfach zu lesen. Ein wenig schwerhörig und kurzsichtig – womit ich meine, er neigt dazu, sich das Ganze nach einem unvollständigen Teil vorzustellen...« Größte Verehrung hegt Lawrence für Joseph Conrad. An den Verleger Conrads schreibt Lawrence am 20. 3. 1920: »Wissen Sie, Conrad zu verlegen muß ein ausgesuchtes Vergnügen sein. Er ist absolut das Bestechendste, was jemals in Prosa da war: ich würde gar zu gern herausfinden, wieso jeder Absatz, den er schreibt (haben Sie gemerkt, daß es immer Absätze sind? selten schreibt er einen einzelnen Satz), in Wellenschwingungen weiterklingt, gleich einer Glocke, nachdem man schon nicht mehr an sie schlägt. Seine Prosa verläuft nicht nach dem Rhythmus gewöhnlicher Prosa, sondern nach etwas, das es nur in seinem Kopf gibt, und da er niemals sagen kann, was er eigentlich gerade sagen möchte, so endet alles bei ihm in einer Art von Hunger, in einer Suggestion von etwas, das er weder sagen noch tun noch denken kann. Darum erscheinen seine Bücher immer größer, als sie in Wirklichkeit sind. Er ist im Subjektiven genauso ein Gigant, wie es Kipling im Objektiven ist. Sind sich die beiden gegenseitig verhaßt?...« Weltliteratur? »Für mich sind die großen Bücher der Welt *Krieg und Frieden*, *Die Brüder Karamasoff*, *Moby Dick*, *Rabelais*, *Don Quichote*.«

Wenn über ihn selber, vor allem also über die »Sieben Säulen«, aber auch in den noch zu seinen Lebzeiten erschienenen Biographien geschrieben wurde, reagiert er meist empfindlich und ablehnend. »Das Buch von Graves... ist zu lobhudelnd«, bemerkt er, und einem »Kameraden«, dem Fliegersergeanten H.A. Ford teilt er mit (am 18. 4. 1929): »Jetzt versuche ich mich allmählich mit der Wahrheit vertraut zu machen, daß ich für den Rest meines Lebens Anlaß für ihr Geschwätz bleiben werde und auch noch nach meinem Leben. Nach meinem Tod wird es einen Band Briefe geben, und wahrscheinlich wird irgendein Schlaukopf eine neue Biographie von mir verfassen... Sie bringen mich alle zum Kotzen...«

Der Tod

Schon Jahre vor seinem Tod, exakt am 19. 7. 1928, hat Lawrence in einem Brief an George Bernard Shaw den Wunsch geäußert, nach seiner Militärzeit den Beruf eines Nachtwächters zu ergreifen. Begründung: »Man tritt seinen Dienst an, wenn der letzte Angestellte geht und das Tor geschlossen wird. Man geht nach Hause, wenn am Morgen das Tor vom ersten, der kommt, wieder aufgemacht wird. Nur diese beiden wissen überhaupt, daß man existiert.«

Am 25. Februar 1935 schreibt Lawrence einen Brief »An den Obersten Luftmarschall Sir Edward Ellington«. Der Brief lautet:

»Sehr verehrter Sir Edward, nicht viele Angehörige der Fliegergruppe schreiben, glücklicherweise, bei ihrer Entlassung an den Stabschef; aber ich wurde vom früheren Luftmarschall so zögernd zugelassen, daß es vielleicht berechtigt ist, wenn ich seinem Nachfolger für die Rücksicht danke, die es mir ermöglichte, meine zwölf Jahre bis zu Ende zu dienen.

Ich habe mich unter den einfachen Soldaten zu Hause gefühlt und gesund und glücklich: infolgedessen scheide ich mit dem Gefühl einer Dankesschuld aus, obwohl ich zum Entgelt immer versucht habe, alles zu leisten, was die Bestimmungen – oder meine Vorgesetzten – mir erlaubten.

Wenn Sie die alten Akten über mich aufgehoben haben, bitte ich, sie mit diesen Zeilen zu schließen, die besagen, wie traurig ich Abschied nehme. Die

Fliegertruppe ist viel mehr als mein Beruf gewesen. Ihr ergebener T.E. Shaw.«

Drei Tage später nimmt er seinen Abschied, drei Monate später ist er tot. Die letzten Wochen seines Lebens verbrachte er in Clouds Hill, einem kleinen Landhaus bei Dorset, das er 1923 erworben hat. Die Legende behauptet, Lawrence habe seinen goldenen Dolch, den er sich in Mekka erhandelt haben will, verkauft, um in den Besitz von Clouds Hill zu kommen.

Am 13. Mai 1935 verunglückte er, als er mit seinem Motorrad vom Telegraphenamt zurück nach Clouds Hill fuhr; er lag sechs Tage im Koma und starb, ohne das Bewußtsein wiedererlangt zu haben, am 19. Mai 1935. Die Gerüchte, Lawrence habe noch kurz vor seinem Tod eine Begegnung mit Hitler geplant, und er sei wahrscheinlich vom britischen Geheimdienst ermordet worden, nahmen ihren Lauf.

Die Legende brauchte neue Nahrung.

»Die sieben Säulen der Weisheit«

Die Vorgeschichte

Lawrence wäre nicht Lawrence, wenn die Entstehungsgeschichte der »Sieben Säulen der Weisheit« problemlos zu rekonstruieren wäre. In einem Brief vom 22. 9. 1923 an den befreundeten Bankier R.V. Buxton behauptet er, er habe schon 1913 ein »jugendlich taktloses Buch« unter dem Titel »Die Sieben Säulen der Weisheit« geschrieben »und verbrannte es 1914 (da unreif), als ich Soldat wurde. Es erzählt von Abenteuern in sieben typischen Städten des Orients (Kairo, Bagdad, Damaskus etc.) und ordnete ihre Eigentümlichkeiten in eine absteigende Kadenz: eine moralische Symphonie. Es war ein seltsames Buch, auf dessen Schwierigkeiten ich mit keiner undankbaren Grimasse zurückblicke. Zum Andenken daran nannte ich das neue Buch so, das wahrscheinlich das einzige Buch sein wird, das ich je schreibe, und das mich bis zum Jahre 1919 erschöpfend darstellt...«

Die »Sieben Säulen der Weisheit« sind den Weisheiten Salomos entnommen; die Stelle lautet: »Der Weisheit Anfang ist des Herren Furcht, und den Heiligen erkennen ist Verstand. Die Weisheit baute ihr Haus und hieb sieben Säulen.«

Nach Lawrences eigenen Angaben hat es von den »Sieben Säulen« drei Fassungen gegeben. Fassung eins, geschrieben 1919, will er 1919 auf einem Bahnhof verloren haben. Mit Fassung zwei begann er gleich anschließend, schrieb daran etwa ein Jahr, vor allem 1920. Das Manuskript soll einen Umfang von mehr als 400 000 Worten gehabt haben »und wurde von mir im Jahre 1922 bis auf eine Seite vollständig verbrannt«.

Die dritte und letzte noch vorhandene Fassung entstand in den Jahren 1920 bis 1922. Sie umfaßt 330 000 Wörter. Zu Lebzeiten von Lawrence erschien von dieser Fassung lediglich eine Subskriptionsausgabe, 1926. Die Höhe der Auflage ist nicht bekannt. Unter dem Titel »Aufstand in der Wüste« wurde eine von Lawrence selber gekürzte Fassung 1927 in England und in Amerika herausgegeben.

Als die »Sieben Säulen der Weisheit« gleich nach dem Tod von Lawrence, 1935, zum ersten Mal öffentlich erschienen, hat der Herausgeber A. W. Lawrence das Einführungskapitel unterschlagen. Es geht darin vor allem um T. E. Lawrence und seine Einstellung zu den Arabern. Lawrence schreibt darin: »Ich hatte entschieden, für meine Arbeit an der arabischen Front nichts anzunehmen. Mit definitiven Versprechungen für eine spätere Selbstregierung hatte das Kabinett die Araber dazu gebracht, für uns zu kämpfen. Araber glauben Personen, nicht Institutionen. In mir sahen sie einen Repräsentanten der britischen Regierung, und so forderten sie von mir eine Bestätigung der niedergeschriebenen Versprechungen. Deshalb mußte ich mich der Verschwörung anschließen und versprach, soweit mein Wort Gültigkeit hatte, den Männern ihre Belohnung. Während unserer zweijährigen Partnerschaft im Kugelhagel gewöhnten sie sich daran, mir zu glauben und meine

Regierung genauso wie mich für aufrichtig zu halten. Aus dieser Hoffnung heraus vollbrachten sie einige schöne Dinge, doch ich war laufend tief beschämt, anstatt stolz darauf zu sein, was wir zusammen taten.

Von Anfang an war es klar, daß diese Versprechungen im Falle unseres Sieges nur Papier sein würden; wäre ich ein aufrichtiger Berater der Araber gewesen, dann hätte ich ihnen geraten, nach Hause zu gehen und nicht ihr Leben für so etwas zu riskieren. Aber ich beruhigte mich selbst mit der Hoffnung, daß ich die Araber, indem ich sie zu einem großen Sieg führte, mit den Waffen in ihren Händen in eine so sichere (wenn nicht dominante) Position bringen könnte, daß für die Großmächte nur eine faire Regelung der Ansprüche der Araber als zweckmäßig erscheinen konnte. Ich ging mit anderen Worten davon aus (denn ich sah keinen anderen Führer mit Willen und Macht), daß ich die Feldzüge überleben würde und daß es für mich möglich wäre, nicht nur die Türken auf dem Schlachtfeld, sondern auch mein eigenes Land und seine Alliierten im Verhandlungsraum zu besiegen. Es war eine unbescheidene Annahme, und es ist jetzt noch nicht klar, ob ich erfolgreich war; aber es ist klar, daß ich auch nicht das geringste Recht dazu hatte, die Araber unwissend in ein solches Glücksspiel hineinzuziehen. Ich riskierte den Betrug auf Grund meiner Überzeugung, daß für einen leichten und schnellen Sieg im Osten arabische Hilfe notwendig war und daß es besser wäre, wir würden gewinnen und unser Wort brechen als verlieren.

Die Entlassung von Sir Henry McMahon bestätigte

meine Überzeugung von unserer grundsätzlichen Unaufrichtigkeit; doch während des Krieges konnte ich mich General Wingate nicht erklären, denn ich stand nominell unter seinem Kommando, und er schien nicht zu spüren, wie falsch sein eigener Standpunkt war. So blieb für mich nur übrig, Belohnungen für erfolgreiches Tricksen zurückzuweisen; um dieser nahenden Unannehmlichkeit zu entgehen, begann ich in meinen Berichten den wahren Gehalt der Dinge zu verheimlichen und die wenigen Araber, die es wußten, zu einer ähnlichen Verschwiegenheit zu überreden. Ich will in diesem Buch auch zum letzten Mal darüber entscheiden, was gesagt werden muß.«

Die Kritik

Sämtliche Biographen, aber auch Tausende von Zeitungsschreibern, Reportern und Journalisten haben die »Sieben Säulen« daraufhin überprüft, ob sie Ungenauigkeiten oder Widersprüche, Aufschneidereien, Unglaublichkeiten oder Unwahrheiten enthalten. Ziel dieser Angriffe ist vor allem Lawrence selbst. So behauptet er gleich im Ersten Buch, er habe sich im Oktober 1916 einen Zehn-Tage-Urlaub genommen, um unter den vier Söhnen des Scherifen von Mekka die geeignete Führerpersönlichkeit für den arabischen Aufstand auszusuchen. Es kam dann zu dem berühmt gewordenen Treffen zwischen Lawrence und Feisal, von dem Lawrence spontan »fühlte ...: dies war der Mann, den zu suchen ich nach Arabien gekommen war.«

Wer hatte ihn beauftragt, berufen? Lawrence war zu jener Zeit Unterleutnant, arbeitete im Arabischen Büro der Kairoer Residentschaft, und da er, zumindest nebenher, auch noch als Geheimagent beschäftigt wurde, konnte er allenfalls abkommandiert sein, Augen und Ohren offenzuhalten und alles Nennenswerte nach Kairo zu melden. Daß er, von wem auch immer, »auserwählt« war, den Arabern den richtigen Oberbefehlshaber zu beschaffen, ist mehr als abwegig, es ist ausgeschlossen. Ebenso umstritten ist Lawrences Behauptung, die Eroberung Akabas, die vielleicht größte, gewiß aber kriegsentscheidende Schlacht während der Revolte, sei allein sein Verdienst gewesen. Er behauptet: »Akaba war nach meinen Plänen und auf meine Initiative hin erobert worden, und die ganze Verantwortung hatte allein auf meinen Schultern gelastet...«

Ist es so gewesen?

Wahrscheinlich nicht. Zumindest widersprechen sowohl Konrad Morsey als auch Suleiman Mousa dieser Darstellung. Von einem »Oberbefehlshaber« Lawrence ist nirgends die Rede, weder in Briefen noch in Protokollen, noch in später veröffentlichten Geheimakten, und was Lawrence in sich und in seine von ihm erfundene Mission hineingeheimnist, mag literarisch interessant sein, der strategischen Wahrheitsfindung dient es nicht. Mousa hat in seinem Buch zahlreiche Augenzeugen befragt und herausgefunden, daß die Eroberung Akabas vor allem das Verdienst Scheich Abdullahs gewesen ist; Morsey verweist auf einen Geheimbericht von Oberst Wilson, aus dem einwandfrei hervorgeht, daß »Lawrences Expedition ein festumrissener Auftrag zugrunde lag«. Was soll's? Argumente und Gegenargumente gibt es allerorten, und ob der türkische Bej von Dera den nackten Lawrence nun lediglich auspeitschen ließ oder ihn überdies sexuell mißhandelt hat, ist in den Biographien bis zum Überdruß behandelt worden und für die Lektüre der »Sieben Säulen« absolut unerheblich. Die Faszination dieses Buches liegt ganz woanders.

Weltliteratur

In keinem anderen Buch der Weltliteratur dieses Jahrhunderts werden die Extreme des Krieges so nackt und so bloß dargestellt wie in den »Sieben Säulen«. Der Autor dieses mehr als achthundert Seiten umfassenden Buches hält sich fast zwei Jahre lang ununterbrochen in Grenzsituationen auf; im Kampf für eine Sache, an die offensichtlich nur er allein glaubt und die nicht im geringsten seine Sache ist. Er, ein kleingewachsener, eher etwas schwächlicher Engländer, der plötzlich hineingezogen wird in eine übermächtige Kriegsmaschinerie mit all ihren militärischen, politischen Ränke- und Intrigenspielen, sich seiner Haut wehrt, seine Freiheit verteidigt, sein Wort bricht und schließlich untergeht in einem Siegestaumel, dessen Verlogenheit allzu offensichtlich ist.

Dabei ist vom eigentlichen Kriegsschauplatz kaum die Rede. Glaubt man ihm, dann geht es ihm um die Freiheit und die Einigkeit der Araber, und dafür opfert er sich auf, setzt sein Leben und seine Existenz aufs Spiel, Ruhm, Ehre und Gewissen. Alles Heldische ist ihm fremd. Er erfindet, wie er behauptet, eine Spezialform von Guerillakrieg mit dem einzigen Hintergedanken, so viele Menschenleben zu schonen wie irgend möglich. »Jahre hindurch lebten wir, aufeinander angewiesen, in der nackten Wüste unter einem mitleidlosen Himmel. Tagsüber brachte die brennende Sonne unser Blut in Gärung und der peitschende Wind verwirrte unsere Sinne. Des Nachts durchnäßte uns der Tau, und das Schweigen unzähliger Sterne ließ uns erschauernd unsere Winzigkeit fühlen. Wir waren eine ganz auf uns selbst gestellte Truppe, ohne Geschlossenheit oder Schulung, der Freiheit zugeschworen, dem zweiten der Glaubenssätze des Mannes – ein so verzehrendes Ziel, daß es alle unsere Kräfte verschlang, eine so erhabene Hoffnung, daß vor ihrem Glanz all unser früheres Trachten verblaßte.

Mit der Zeit wurde unser Drang, für das Ideal zu kämpfen, zu einer blinden Besessenheit, die mit verhängtem Zügel über unsere Zweifel hinwegstürmte. Er wurde zu einem Glauben, ob wir wollten oder nicht. Wir hatten uns in seine Sklaverei verkauft, hatten uns zu einem Kettentrupp aneinandergeschmiedet, hatten uns mit all unserem Guten und Bösen seinem heiligen Dienst geweiht. Der Geisteszustand gewöhnlicher Sklaven ist schrecklich genug – sie haben die Welt verloren – wir aber hatten nicht den Leib allein, auch die Seele der alles beherrschenden Gier nach Sieg überantwortet. Durch eigenen Willensakt hatten wir Moral, Selbstbestimmung Verantwortung von uns getan, daß wir waren wie dürre Blätter im Wind.«

Was fasziniert an diesem Text? Die Sprache? Zweifellos. Es ist keinesfalls die Sprache herkömmlicher Haudegen, die mit Kriegsgerassel und Geschrei daherkommen und den Krieg als eine Grenzerfahrung lobpreisen. Die Lawrence-Fragen während des Araberaufstandes 1916/18 sind gewesen: Was hält der Körper aus? Wieviel Leid ist zumutbar? Wo sind die Grenzen menschlichen Leidens, Ausharrens? Das Ergebnis? Das »Ergebnis war ein Gefühl tiefster Vereinsamung im Leben und der Verachtung, nicht der Menschen, aber alles dessen, was sie taten. Solches Losgelöstsein kam in einer Zeit über den Mann, als er von überlanger körperlicher Anstrengung und Absonderung erschöpft war. Sein Körper schleppte sich mechanisch weiter, während sein vernünftiges Denken ihn verließ und von außen kritisch auf ihn herabblickte, sich fragend, was dieser wertlose Ballast eigentlich tat und warum. Manchmal unterhielten sich die beiden Ichs im Leeren; und dann war der Irrsinn nahe, wie er wohl einem Menschen nahe sein kann, der die Dinge gleichzeitig durch die Schleier von zweierlei Sitten, zweierlei Bildung, zweierlei Umwelt zu betrachten vermochte«.

Die »Sieben Säulen« sind ein asketisches Buch; die Rede ist immer wieder davon, was der Mensch alles entbehren und erdulden kann, und daß gerade Entbehrung und Erduldung in menschliche Bereiche vorstoßen, von denen all jene nie etwas erfahren, die sich ziel- und planlos treiben lassen und sich nicht einer, ihrer Idee unterordnen. Diese große Sehnsucht nach der Idee war es vor allem, die ihn an das Schicksal der Araber kettete. »Die Araber konnten von einer Idee wie von einem Strick mit fortgerissen werden; die fraglose Hingabefähigkeit ihrer Gemüter machte sie zu willfährigen Sklaven. Keiner von ihnen würde sich der Bindung entzogen haben, bis der Erfolg da war und mit ihm Verantwortung, Pflichten, Bürden. Dann war die Idee dahin und das Werk endete – in Trümmern. Ohne einen Glauben konnte man sie bis ans Ende der Welt (nur nicht in den Himmel) führen, wenn man ihnen die Reichtümer dieser Erde und ihre Freuden zeigte. Wenn sie aber auf dem Wege, geleitet in dieser Weise, dem Propheten einer Idee begegneten, der keinen Ort hatte, wo er sein Haupt betten konnte, und leben mußte wie die Blumen auf dem Felde oder die Vögel unter dem Himmel, dann waren sie bereit, um seiner Offenbarung willen alle Reichtümer im Stich zu lassen. Sie waren unverbesserliche Kinder der Idee, haltlos und farbenblind, deren Körper und Seele für immer in unvereinbarem Gegensatz standen. Ihr Geist war dunkel und seltsam, voller Höhen und Tiefen, der strengen Zucht entbehrend, aber glühender und fruchtbarer im Glauben als irgendein anderer auf der Welt. Sie waren ein Volk des ewigen Aufbruchs, für die das Abstrakte die stärkste Triebfeder war, der Anstoß zu unbegrenzter Kühnheit und Mannigfaltigkeit, und denen das Ende nichts bedeutete. Sie waren beweglich wie Wasser, und wie das Wasser werden sie schließlich vielleicht obsiegen. Seit dem Anfang der Tage sind sie in immer neuen Wellen gegen die Küsten des Irdischen angebrandet. Jede Welle brach sich, aber gleich dem Meere hatte jede ein winziges Stückchen von dem Fels, an dem sie zerschellte, abgetragen; und eines Tages, in vielen Menschenaltern, wird sie vielleicht ungehemmt über die Stelle hinwegrollen, wo einst die materielle

Welt gewesen ist, und Gott der Herr wird über den Wassern schweben. Eine dieser Wogen (und nicht die letzte) wurde von mir unter dem Wehen einer Idee aufgerührt und ins Rollen gebracht, bis sie ihren Höhepunkt erreichte, sich überschlug und über Damaskus dahinbrandete. Die Auswaschungen dieser Welle, die zurückprallte vor dem Widerstand juristischer Festsetzungen, werden der nächsten Welle den Weg weisen, wenn in der Fülle der Zeiten die See von neuem aufgerührt werden wird.«

In den »Sieben Säulen« kommen Schlachtenbilder so gut wie nie vor; die Gemetzel bleiben auch für Lawrence Gemetzel, Plünderungen Plünderungen, heroisch ist dies alles nicht. Der Wüstensand saugt alles auf: das Blut, den Ruhm, selbst die Kadaver fegt er hinweg. Allerdings: »Unser Marsch nahm nachgerade etwas barbarisch Prächtiges an. Voran ritt Faisal in Weiß, zu seiner Rechten Scharraf in rotem Kopftuch und hennafarbenem Kleid und Mantel, zu seiner Linken ich selbst in Weiß und Scharlachrot, hinter uns die drei Banner aus verblaßter karminroter Seide, mit goldenen Nägeln beschlagen, dann die Trommler, einen Marsch schlagend, und hinter diesen wiederum die Masse der zwölfhundert kräftigen Kamele der Leibgarde, so dicht gedrängt wie irgend möglich, die Reiter in Kopftüchern aller erdenklichen Farben und die Kamele fast ebenso prächtig in ihrer Aufzäumung. Das ganze Tal war bis an seine Flanken von diesem buntschillernden Heerstrom angefüllt.«

Der Krieger Lawrence, der er ja auch war, entwarf eine Taktik, die außerhalb des Soldatischen, jenseits des militärisch Gültigen schien. »Ich hatte«, schreibt er, »den Anfang einer brauchbaren Theorie gefunden, mußte aber nur noch zu einer klaren Entscheidung über Sinn und Mittel des Krieges kommen. Der Haß war dazu ungeeignet. Versuche, unseren Leuten Haß gegen den Feind beizubringen, führten gewöhnlich dazu, daß sie den Krieg haßten«. Also konnte Lawrence nicht »Blutvergießen zum Range einer Hauptsache erheben«, sondern: »Für uns kam es darauf an, nicht die Armee der Türken, sondern ihre materiellen Hilfsmittel zu zerstören... Die meisten Kriege waren Begegnungskriege: beide Seiten strebten danach, miteinander in Berührung zu kommen, um taktische Überraschungen zu vermeiden. Unser Krieg mußte ein solcher des Ausweichens sein. Wir mußten den Feind in Schach halten durch die schweigende Drohung einer weiten, unbekannten Wüste und durften uns nur im Augenblick des Angriffs zeigen. Es durfte nur dem Namen nach ein Angriff sein, der sich nicht gegen den Feind selbst richtete, sondern gegen seine Hilfsmittel, nicht seine Stärke oder Schwäche aufsuchte, sondern sein am leichtesten zu treffendes Material. Die Bahnsprengungen zum Beispiel mußten an möglichst einsamen Teilen der Strecke erfolgen, und je verlassener sie waren, um so größer der taktische Erfolg. Wir mußten aus unserem Mangel ein herrschendes Prinzip machen (kein Gesetz, denn der Krieg ist antinomistisch) und eine richtige Kunst entwickeln, dem Feinde stets auszuweichen. Das stimmte mit der rechnerischen Forderung überein, niemals ein faßbares Ziel zu bieten. Eine große Anzahl Türken sind während des ganzen Krieges überhaupt gar nicht dazu gekommen, auf uns zu schießen; und dabei waren wir niemals in der

Defensive, außer durch Zufall oder eine fehlerhafte Anordnung.«

Was fasziniert an den »Sieben Säulen«? Ein zweifellos höheres Geschick erhebt einen eigentlich ganz normalen, eher schüchternen Menschen in die Bereiche von Größe, Edelmut, Würde, Einzigartigkeit und überträgt ihm vom achtundzwanzigsten bis zum dreißigsten Lebensjahr einen Auftrag, an dem jeder andere so oder so gescheitert wäre. Die meisten hätten den Auftrag gar nicht erkannt oder nicht angenommen. Sie wären dem Dünkel verfallen oder einer Art Größenwahn, die der Mensch der Wüste verachtet. Lawrence stellt sich den Arabern, den Beduinen vor allem, von Angesicht zu Angesicht, mißt sich mit ihnen und ihresgleichen, mit ihrer Lust, ihrer Schlauheit, ihrem Witz; stellt sich ihren Wettspielen; begreift ihre Gedanken, Gefühle und entwickelt sich zu einem ihrer Führer durch Vorleben, jederzeit bereit, für sich und seinen Stoßtrupp zu siegen, weniger todesmutig als schlitzohrig, eher behutsam und vorsichtig als heldenhaft und draufgängerisch. Von den über achthundert Seiten Text haben mindestens sechshundert mit dem Krieg nichts zu tun. Sie sind ein Lese- und Tagebuch aus und von der Wüste; von den Menschen dort, der Landschaft, den Bergen, den Wadis. Wohl kein zweites Buch dieses Jahrhunderts gibt so viele historische Einblicke in die Kulturen und Traditionen Vorderasiens wie die »Sieben Säulen«. Die scheinbare Trostlosigkeit der Wüstenlandschaft wird aufgehoben durch die sehr präzise und detaillierte Beschreibung einzelner Oasen, zum Beispiel Wadi Rumm: »Der Tag war noch jung, als wir, zwischen zwei ragenden Sandsteinnadeln, an den

Fuß eines weiten flachen Hangs kamen, der von den hochgewölbten Bergen vor uns sanft hinablief. Er war mit Tamariskengebüsch bestanden und – wie man mir sagte – der Anfang des Tals von Rumm. Zu unserer Linken erhob sich eine langgezogene Felswand, die sich gleich einer tausend Fuß hohen Woge gegen die Mitte des Tals vorwarf; längs der rechten Talwand lief eine gleich hohe Kette steiler rotzerklüfteter Felsen. Wir ritten, uns den Weg durch das spröde Unterholz brechend, den Hang hinan.

Im Aufstieg schloß sich das lose Buschholz zu Dikkichten zusammen mit massigem Laubwerk, dessen tieferes Grün sich doppelt leuchtend abhob gegen die offenen Sandflecken von entzückend zartem Rosa. Die Böschung verflachte allmählich, bis das Tal zu einer engumgrenzten, leicht geneigten Fläche wurde. Die Berge zur Rechten wuchsen höher und schroffer, ein würdiges Gegenstück zur Umgrenzung links, die sich zu einem massiven Wall roten Gesteins aufsteilte. Beide Seiten rückten bis auf nur zwei Meilen Zwischenraum zusammen; und dann, allmählich sich auftürmend bis zu tausend Fuß über uns, liefen diese beiden parallelen Felsmauern in meilenlanger Avenue dahin.

Sie waren keine geschlossenen Felswände, sondern in gewaltige Blöcke aufgeteilt, die gleich riesigen Bauwerken zu beiden Seiten der Straße standen. Tiefe, fünfzig Fuß breite Querschlünde trennten diese einzelnen Massive, in deren Wände die Verwitterung gewaltige Buchten und Apsiden ausgerundet hatte, überdeckt von feinen Rissen und Furchen wie mit Ornamenten. Manche Höhlungen hoch oben am Steilhang waren rundbogig wie Fenster; andere, näher dem Boden, gähnten wie offene Tore. Dunkle Flecken liefen über Hunderte von Fuß an der beschatteten Front hinab, gleichsam als wäre sie geschwärzt von vielem Gebrauch. Diese klippenartigen Blöcke, vertikal gefurcht nach ihrer körnigen Struktur, ruhten auf einem zweihundert Fuß hohen Sockel von einer härteren und dunkler gefärbten Gesteinsart, der nicht wie der obere Teil in Längsfalten herabhing, sondern tiefe, gleichsam wie eingehauene Horizontalfurchen zeigte, ähnlich einer Quader-Grundmauer.

Die einzelnen Massive waren gekrönt von hochgewölbten Gipfeln, gleich Gruppen von Domkuppeln, nicht so brennend rot wie das übrige Gestein, sondern nur leicht getönt und mehr ins Graue spielend. Damit vollendete sich der Eindruck einer byzantinischen Architektur um diesen unvergleichlichen Ort, diesen Prozessionsweg, gewaltiger, als ihn Phantasie sich vorzustellen vermochte. Die ganze arabische Armee hätte sich der Länge und Breite darin verlieren, und zwischen den Felswänden hätte ein Flugzeuggeschwader in Formation manövrieren können. Unsere kleine Karawane wurde nachdenklich, und keiner sprach mehr ein Wort; man fühlte sich beängstigt und beschämt, sich mit seiner Geringfügigkeit breit zu machen inmitten dieser riesenhaft ragenden Berge.

In unseren Kinderträumen sind Landschaften manchmal so weit und so stumm. Wir suchten zurück in unserer Erinnerung nach dem Urbild, wo einst alle Menschen zwischen solchen Felsmauern gewandert waren nach einem solchen freien Platz, wie dem vor uns, wo der Weg zu enden schien.«

Hin und wieder auch Menschlichkeit. Für Lawrence ist der Krieg weder ein Normalzustand noch gar der Vater aller Dinge; die Einsamkeit überwiegt, jeder Kampf ist zunächst ein Kampf mit sich selbst. »Die Weltabgeschiedenheit der Wüstenlandschaft reinigte mich und machte meinen Geist frei, ihre überreiche Großartigkeit zu fassen, eine Großartigkeit, die sich nicht durch menschliche Gedanken erhöhen läßt, sondern deren Leere und Weite nur durch sich allein wirkt. In der Schwäche des Erdenlebens spiegelte sich die Stärke des Himmels so gewaltig, so schön, so stark.

Gegen Sonnenuntergang kam die Bahnlinie in Sicht, die in weiten Kurven zwischen Grasbüscheln und Gesträuch das offene Land durchquerte. Da alles friedlich schien, eilte ich voraus, in der Absicht, jenseits zu halten und unsern Übergang zu bewachen. Eine leichte Erregung befiel mich jedesmal wieder beim Überkreuzen der Bahn, die der Gegenstand so vieler unserer Mühen gewesen war.

Als ich den Damm hinaufritt, strauchelte mein Kamel in der lockeren Schotterung; und aus dem langen Schatten eines Abzugkanals links von mir erhob sich ein türkischer Soldat, der zweifellos dort den Tag über geschlafen hatte. Er blinzelte betroffen auf mich und den schußbereiten Revolver in meiner Hand und schielte dann betrübt auf sein Gewehr, das einige Yard entfernt an der Mauer des Durchlasses lehnte. Er war ein junger, kräftiger Mann, sah aber recht unzufrieden aus. Ich sah ihn fest an und sagte leise: ›Gott ist gnädig.‹ Er kannte Klang und Sinn dieser arabischen Redewendung und hob seine Augen blitzschnell zu mir auf, indes sich über sein dumpfes, schlaftrunkenes Gesicht allmählich ein Glanz ungläubiger Freude breitete.

Doch er sagte nicht ein Wort. Ich drückte den Fuß in die wollige Schulter meines Kamels, es trat mit leichten, graziösen Schritten über die Schienen und stieg den Damm jenseits hinunter. Der kleine Türke war Ehrenmann genug, mir nicht in den Rücken zu schießen, während ich davonritt. Ich fühlte, wie stets für ein Leben, das man gerettet hat, warme Sympathie für ihn. Aus sicherer Entfernung schaute ich zurück. Er legte den Daumen an die Nase und winkte leicht mit den Fingern nach mir.«

Ein Mensch wird schicksalhaft gefordert. Die Umwelt ist ihm fremd. Die Umwelt ist die Wüste, und, wenn überhaupt, läßt sich die Wüste nur bezwingen durch Ausdauer, durch Beharrlichkeit und mit dem fast übermenschlichen Willen zu überleben. Die Menschen dieser Wüste haben es weder gelernt noch je versucht, der Wüste den Kampf anzusagen. Er, der Fremde, der Außenseiter, lebt ihnen diesen Kampf vor. Was ihn mit den Arabern verbindet, ist eine Art »Blutsgemeinschaft«: »Vielfach hält man die Wüste für leeres Land, Freigut für jeden Beliebigen; aber in Wirklichkeit hat jeder Berg und jedes Tal einen anerkannten Besitzer, der das Recht seiner Familie oder seines Stammes sofort gegen jeden Eindringling geltend machen würde. Sogar die Brunnen und Bäume haben ihren Eigentümer, die gestatten, daß man sich Wasser von dem einen, Brennholz von den anderen nimmt, soviel man braucht für den eigenen Bedarf; doch sie würden jeden vertreiben, der versuchte, aus ihrem Eigentum Nutzen zu ziehen oder es zu seinem privaten Vorteil auszubeuten. Es herrscht eine sonderbare Art von Kommunismus in der Wüste, der die Natur und was sie bietet, jedem, den man als freundlich gesinnt kennt, zu freiem Gebrauch, aber nur für eigene Zwecke überläßt. Die logische Auswirkung ist die Beschränkung dieses Vorrechts auf die Menschen der Wüste und ihre schroffe Ablehnung gegen jeden Außenstehenden, der keinerlei Einführung oder Bürgschaft aufzuweisen hat; denn die gemeinsame Sicherheit liegt in der gemeinsamen Verantwortlichkeit der Blutsgemeinschaft...«

Verblüffend, zumindest für einen Autor, der sich für einen Laien hält, ist Lawrences Verhältnis zur Sprache. Seine Sprache ist knapp, klar, genau; er erzählt ohne Umschweife, was ihm auf der Seele liegt, und da diese Seele rein und keusch ist, kann er auf poetische Dekoration, auf alles Bombastische und Übersteigerte verzichten. Seine Selbstkasteiung wirkt eher über- als unnatürlich. Andererseits steht die literarische Realität in einem seltsamen Widerspruch zu der existentiellen Lebenserfahrung. Einem seiner Kritiker, Herbert Reads, antwortet er: »Reads redet, als ob ich ein Buch gemacht hätte und keinen Aufstand aus Fleisch und Blut.«

Auch deshalb ist der Versuch mancher Biographen, die »Sieben Säulen« in den fiktiven Bereich eines »historischen Romans« abzuschieben, absurd. Mag sein, daß manche Erlebnisse dieses großen Werks erfunden, einige Personen falsch oder einseitig dargestellt wurden. »Romanhaft« ist an den »Sieben Säulen« keine Zeile. »Die Menge verlangt stets nach Romanhelden und vermag nicht zu begreifen, um wieviel menschlicher der alte Auda fühlte, weil er, nach Kampf und Mord, Erbarmen hat mit dem geschlagenen Feind, der ihm nach seinem Belieben auf Gnade oder Ungnade ausgeliefert ist – gewiß ein wenig ›interessanter‹ Held.«

Urteile von Zeitgenossen und Weggefährten

Lawrence ist vielleicht das interessanteste Produkt des Großen Krieges gewesen; doch war es schwer, sich in ihn hineinzufinden. Damit soll nicht gesagt werden, daß er kein guter Kamerad war. Der Grund für seine offenbare Abseitigkeit lag in der Art, wie er sich Urteile über seine Mitmenschen bildete. Ehe er aus seiner Reserve heraustrat, analysierte er jeden. Aber wo er dann einmal seine Freundschaft schenkte, schenkte er üppig, und niemand konnte einen treueren Freund haben als ihn.

Abhängig war er von anderen kaum. Für alles, was er tat, hatte er seine Gründe; und diese Gründe genügten ihm. Ein getreues Verfolgen seiner eigenen Ideale und die Gewohnheit, unabhängig zu denken, ließen ihn eine gesunde Selbsterziehung durchmachen. Die Übung, andere zu analysieren, führte ihn zu völligem Verständnis der andern. Seine außerordentlichen Fähigkeiten hatte er durch strenge geistige Disziplin entwickelt. Er war zu schnellen Entschlüssen fähig und wußte in jeder Notlage sofort, was zu tun war.

Aus diesen Gründen war er ein hervorragender Führer im Krieg.

Lawrence stand unter meinem Kommando; aber nachdem ich ihm meinen strategischen Plan mitgeteilt hatte, ließ ich ihm für die Ausführung völlig freie Hand. Seine Mitarbeit bewegte sich in den

Grenzen völliger Loyalität, und ich habe seine Leistungen stets ohne Einschränkung gelobt. Was er während des Feldzugs geleistet hat, läßt sich in der ganzen Bedeutung überhaupt nicht ermessen.

Sein Betragen war still und unaufdringlich, seine Gestalt war klein und alles andere als auffallend; aber eine hohe Stirn und ein klares Auge verrieten einen Geist von ungewöhnlicher Kraft, einen Geist, der über den Körper herrschte.

Lawrence war imstande, mehr durch seine Willenskraft als durch seine physische Stärke, es an Ausdauer mit den Arabern selbst aufzunehmen. Seine feurige Energie erstaunte und begeisterte sie, und die Söhne der Wüste fühlten sich in einer beinahe fanatischen Verehrung zu ihm hingezogen.

Als der Krieg aus war, verzichtete Lawrence auf Ehren, weil er sie nicht wünschte, und widmete sich Beschäftigungen, die ihm besser lagen als das Waffenhandwerk.

Aber sogar als Flieger Shaw konnte er dem Ruhm nicht entrinnen, den er sich als Oberst Lawrence erworben hatte.

Anläßlich seines tragischen Todes drückte die ganze Nation einstimmig aus, wie hoch sie ihn ehrt.«

Viscount Allenby (1861-1936)
Feldmarschall

»Meine Beziehungen zu Lawrence waren weder besonders eng noch besonders herzlich. Ich habe ihn niemals auf der Höhe seiner Tätigkeit, noch in den Tiefen seiner Verzweiflung gesehen. Der Mann, über den ich diesen kurzen Beitrag schreibe, ist der Lawrence des Alltags, ein sehr lieber Bekannter, klug, witzig und zartfühlend, mit den unverkennbaren Zeichen der Größe und Güte an sich.

Ich lernte ihn kennen, als er in das Hauptquartier Allenbys kam, im Dezember 1917, kurz nach dem Fall Jerusalems. Bei dem feierlichen Einzug in die Stadt ging ich neben Lawrence: er war an diesem Tag sehr gut aufgelegt und machte Witze über seine geborgte Uniform. Wie immer sagte er über sich selbst sehr wenig, und kaum erwähnte er den großen, leider erfolglosen Ritt nach der Brücke im Yarmuk-Tal, von der er gerade zurückgekehrt war.

1918 sah ich ihn nur ein- oder zweimal, als er in Allenbys Hauptquartier auftauchte. Unsere nächste Begegnung fand in Ägypten und unter ziemlich dramatischen Umständen statt. Eines schönen Frühlingstags 1919 ließ Lord Allenby mich kommen und zeigte mir ein Telegramm aus London: vom Auswärtigen Amt. Lawrence war nach dem Verlassen der Pariser Friedenskonferenz ›verloren‹gegangen; die argwöhnischen Franzosen hatten sich eingeredet, daß er auf dem Weg nach Damaskus wäre, um Feisal in einem Aufstand gegen sie zu unterstützen. Lord Allenby wurde vom Auswärtigen Amt auf das deutlichste aufgefordert, Lawrence, falls er nach Ägypten käme, unter keinen Umständen nach Syrien weiterreisen zu lassen. Allenby wiederum machte mich mit meinem Kopf dafür haftbar, daß Lawrence nicht durch Ägypten reisen würde, ohne daß Allenby mit ihm sprechen könnte. Ich sollte ihn bringen, sobald er nur gelandet sein würde. Ich ging in mein Büro zurück und telephonierte an die Kommandanten der verschiedenen Häfen und sagte ihnen, daß es mit ihrer militärischen Laufbahn zu Ende sein würde, falls Lawrence landete, ohne daß ich davon erführe. Ich bat auch die Fliegertruppe, mich sogleich zu verständigen, falls er im Flugzeug eintreffen sollte. Ich kannte Lawrence damals noch nicht sehr gut, aber es war mir immerhin schon klar, daß er auf keinen Fall, selbst wenn er durch Ägypten reisen sollte, auf die übliche Weise ankommen oder abreisen würde. Vielleicht war es im übrigen auch nur ein Versuchsballon des Auswärtigen Amtes. Ich hatte die Sache schon aus dem Sinn verloren, als ich eines Tages einen Freund vor dem Generalkommando traf. Während wir uns über gleichgültige Dinge unterhielten, bemerkte er: ›Ist nicht übrigens dieser arabische Lawrence ein Freund von Ihnen? Ich habe ihn heute morgen in Shepheards Hotel gesehen.‹ Ich schickte einen Stabsoffizier, Lawrence auf der Stelle zu holen. Nach einer halben Stunde kam er mit dem ziemlich ruppig aussehenden Lawrence zurück, der zwar Uniform trug, aber keinen Gürtel und keine Mütze, und sich als irgendein Unteroffizier zurechtgemacht hatte. Er sagte, er sei nur nach Ägypten gekommen, um seine Papiere zu holen, und war sehr verärgert, als er erfuhr, daß man ihn in Verdacht hatte, irgendwelche Schwierigkeiten in Syrien schaffen zu wollen. Ich erklärte ihm, daß diese Idee lediglich von den Franzosen und vom Auswärtigen Amt stamme, und er war bald versöhnt, und wir machten den Besuch bei Allenby gemeinsam.

Nach dem Krieg sind wir nur noch gelegentlich zusammengetroffen, und auch unsere Korrespondenz war unregelmäßig, aber seine Freundschaft betrachtete ich stets als eins meiner schönsten Vorrechte. Wie freute ich mich, wenn sein riesiges Motorrad vor dem Haus meines Vaters in Dorset geparkt war. Seine Besuche, die niemals vorher angekündigt wurden, waren immer viel zu kurz; man konnte von seiner Unterhaltung niemals genug bekommen. Wenn er sich wieder verabschiedete, hatte man stets das Gefühl, soundso viele wichtige Gelegenheiten versäumt zu haben: was hätte man alles mit einem so freien und großen Geist noch besprechen sollen! Und dabei hatte man die Stunden seines Besuchs an Unterhaltungen über Alltäglichkeiten vergeudet, denen man allerdings die Alltäglichkeit nicht ansah, so neu und amüsant erschienen sie unter seinen klugen und witzigen Bemerkungen. Worüber er auch sprach – alles bekam durch seine Bemerkungen eine besondere Bedeutung, dabei war er immer einfach, entspannt, mitfühlend und stellte in keiner Weise Ansprüche. Niemals sprach er über sich oder seine Erlebnisse; wenn man ihn fragte, antwortete er auf die einfachste Weise. Die Befangenheit, die in seinen Schriften so stark zum Ausdruck kommt, hat sich nie in seiner Unterhaltung bemerkbar gemacht. Er dachte, ja, er grübelte viel über sich selbst nach, aber niemals für sich selbst und um irgendwelche Vorteile zu erlangen. Seine Befangenheit aber, diese Besorgtheit um den Eindruck, den er auf andere machte, mußte seltsam berühren an jemandem, der so stark und unabhängig war. Viele schöne Gaben hatten die guten Feen in seine Wiege gelegt, Furchtlosigkeit, Verständnis, Wissensdrang, Geschicklichkeit, Humor, Ausdauer, Selbstlosigkeit. Aber zum Schluß kam die böse Fee und nahm ihm den Genuß an den Gaben ihrer Schwestern, indem sie ihm den Fluch der Selbstbefangenheit auflud. Aber soweit ich ihn beobachtet habe, kam dies in seinen Worten und Handlungen nie zum Ausdruck, nur seine Briefe und Schriften zeigen, wie schwer er darunter litt.

Als Berufssoldat möchte ich noch einige Worte über die militärischen Leistungen und Fähigkeiten von Lawrence sagen, obwohl ich beides nicht aus der Nähe miterlebt habe. Die Verwandlung einer Familienrevolte des Sheriffs Hussein in eine Volksbewegung, die sich bis nach Damaskus ergoß, war eine Leistung, die keinem anderen geglückt wäre, selbst wenn unbegrenzte Geldmittel zur Verfügung gestanden hätten. Es war noch mehr eine seelische als eine körperliche Leistung, und ihre Bedeutung für die Sache der Alliierten war sehr groß. Die Erkenntnis, worauf er seinen Feldzug aufbaute, die Führung des Feldzugs selbst und die eine ›Schlacht‹ – das Treffen bei Tafileh – waren Taten, auf die jeder Meister hätte stolz sein können. Aber es sind nur schwache Vorwände, um für ihn den Titel eines ›Großen Hauptmanns‹ in Anspruch zu nehmen. Sein Name wird stärker lebendig bleiben wegen seiner Worte und wegen seines Geistes als wegen des Krieges, den er geführt hat. Hätte andererseits ihn das Schicksal auf einen hohen Kommandoposten gerufen, dann wäre er bestimmt auch dieser Aufgabe gewachsen gewesen. Theoretisch hatte er mehr über Kriegsgeschichte und Kriegskunst gelesen und nachgedacht als wahrscheinlich jeder andere große Feldherr.

Er hatte Mut, der weit über das Übliche hinausging, er hatte die Gabe, andere anzufeuern, er hatte Phantasie und Entschlossenheit und war vor allen

Dingen frei von jedem persönlichen Ehrgeiz, der das Charakterbild manches großen Soldaten getrübt hat. Er kannte den einfachen Mann, und – was das Wichtigste sein mag – er war nicht gehemmt durch Vorurteile, die sich durch eine lange Vorbereitungszeit festsetzen.

Wie soll man ihn schließlich beurteilen, diesen unfreiwilligen Vollbringer einer großen Tat, diesen überkritischen Verfasser eines der größten Meisterwerke der englischen Sprache, diesen gerissenen Praktiker, diesen vieles umfassenden Gelehrten – soll man ihn als Mann der Tat oder als Mann des Gedankens bezeichnen? Ich habe ihn einmal mit Hamlet verglichen, mit einem Hamlet, der seinen Onkel nett und tüchtig zu Beginn des 2. Aktes umgebracht hat und den Rest des Stücks damit verbringt, seine Tat zu bereuen und eine lange Rechtfertigung darüber für Horatio zu schreiben und der sich schließlich in ein Kloster zurückzieht. Im Orient hätte er Asket und Prophet oder Kaiser sein können, und in beiden Rollen würde er tiefe Verehrung genossen haben, wenn er seinen diabolischen Humor zu zügeln vermocht hätte.

Es wird immer Leute geben, die ihn herabsetzen, denen die Lawrence-Legende lächerlich erscheinen wird, die seine Erfolge bei den Arabern auf Bestechung zurückführen, die ihn für einen Scharlatan halten, der Berühmtheit suchte, indem er dem Ruhm scheinbar auswich, und die seinen freiwilligen Abstieg vom Oberst zum einfachen Soldaten für eine Morbidität halten. Aber wer diese Auffassung teilt, kann den Menschen Lawrence nicht gekannt haben. Sonst hätte er seine Größe gespürt. Nicht nur mir ist es so ergangen: man konnte sich dieser Größe nicht entziehen.«

A. P. Wavell (1883-1950)
Generalmajor

»Ich betrachte es als einen sehr glücklichen Umstand, daß ich zu Beginn des Jahres 1918 als Generalstabsoffizier zu den arabischen Streitkräften entsandt wurde. Von diesem Zeitpunkt an bis zur Einnahme von Damaskus arbeitete, reiste und kämpfte ich neben Lawrence. Nacht für Nacht lagen wir eingehüllt in unsere Decken unter den kalten Sternen der Wüste.

Bei solchen Gelegenheiten lernt man einen Menschen gut kennen. Lawrence stellte uns Berufssoldaten, die so glücklich waren, seine Mitarbeiter zu sein, völlig in den Schatten, aber ich habe nicht ein einziges eifersüchtiges Wort gegen ihn gehört. Jeder fühlte, daß er uns in jeder Beziehung unendlich überlegen war. Nach meinem Urteil war seine hervorstechendste Eigenschaft seine klare Vorstellungsgabe und seine Fähigkeit, alles Unwichtige aus seinen Gedanken zu verbannen. Dazu kam seine unheimliche Kenntnis von allem, was ein anderer dachte und tat.

Man muß es sich nur einmal vorstellen! Ein junger Unterleutnant der in Ägypten stationierten britischen Truppen begibt sich hinunter an die arabische Küste, weil dort eine örtliche Revolte der Westaraber gegen ihre türkischen Herren ausgebrochen war. Da macht er mit der Hilfe einiger britischer Offiziere, die alle älter waren als er und sich ihm bereitwillig unterordneten, aus dem lokalen Aufstand eine

Volkserhebung. Durch seinen Mut, seine Feldherrenkunst, seine völlig neue Taktik faßt er die undisziplinierten arabischen Stämme zu einer Kriegsmaschine von solcher Bedeutung zusammen, daß sie zwei türkische Divisionen festhält und dem Vormarsch General Allenbys durch Palästina und Syrien die Flanke deckt. Allenby hat die Bedeutung dieser Leistung bei jeder Gelegenheit von neuem auf das nachdrücklichste anerkannt.

Niemand, der einen Blick auf Lawrence warf, hätte ihn für körperlich stark gehalten. Aber es ist Tatsache, daß dieser Mann alle Rekorde von arabischer Schnelligkeit und Ausdauer gebrochen hat. Die großen Lieder der Wüste, die die bewundernswerten Ritte aller Zeiten besingen, müssen vor dem verblassen, was Lawrence geleistet hat. Bei einer Gelegenheit hat er an drei aufeinanderfolgenden Tagen je 160 Kilometer zurücklegen können. Eine solche Ausdauer und Zähigkeit grenzt an das Unglaubliche. Ich selbst bin einmal in einer Nacht 80 Kilometer geritten, und ich möchte das nie wieder tun. Die Schwierigkeit besteht nämlich darin, sich wach zu halten. Wenn nach der empfindlichen Kühle der Wüstennacht die Sonne aufgeht und alles in wohltuende Wärme hüllt, wird das Verlangen nach Schlaf zu einer wahrhaftigen Folter. Wenn man aber einschläft, kann man sehr leicht herunterstürzen, und es ist ein weiter Weg von einem Kamelrücken bis auf die Erde.

Viele Geschichten sind über Lawrence im Umlauf; die meisten davon sind nicht wahr. Er war ein großer Kenner der Antike, ein militärischer und politischer Führer, dessen Ruhm die ganze Welt kennt, und der Verfasser des – vielleicht – größten Buchs des Jahrhunderts. Und über dieses Buch, *Die Sieben Säulen der Weisheit*, will ich noch einige Worte sagen, dieses Buch, in dem er seine erstaunlichen und einzigartigen Taten beschreibt. Es wurde zuerst nur für seine Bekannten geschrieben. Er schickte es mir, damit ich es auf sachliche Irrtümer hin durchsähe. Ich machte einige Bemerkungen und sagte im besonderen, daß er mir den Höhepunkt des Buchs nicht genügend herausgearbeitet zu haben scheine – die Einnahme von Damaskus. Ich fügte hinzu, daß man dies doch wohl als das Ziel der arabischen Bewegung von Anfang an bezeichnen konnte, und ich schloß mit der Bemerkung, daß seine Leser das wohl auch so auffassen und eine ausführlichere Schilderung sicherlich freudig begrüßen würden.

Die Antwort, die Lawrence auf meine Einwände gab, ließ keinen Zweifel. Er sagte: ›Ich will nicht, daß meine Leser das Buch ›freudig‹ begrüßen. In meinen Bemerkungen über Disziplin, Unterordnung und Dienstbetrieb suche ich hauptsächlich mich selbst zu geißeln. Mein ganzes Leben ist Dienst gewesen; und darum ist es mir verhaßt. Erst war es Dienst für ein wissenschaftliches Ideal, dann habe ich den Begriffen der Nationalität gedient, und jetzt diene ich als gemeiner Soldat. In einem solchen Verzicht mag Glückseligkeit liegen, aber das Gefühl, das er erweckt, ist unmoralisch, als hätte man gleichsam sein Lebenskonto überzogen. Glücklich sollen und dürfen wir nicht sein, und dieser Sünde bin ich, glaube ich, mit Erfolg aus dem Wege gegangen. Das Tankkorps ist eine gewichtige Strafe für eine zu reiche und ausgefüllte Jugend!‹

Und später, während der letzten Zeit seines Dienstes in der Luftwaffe, hatte dieser gleiche Lawrence sich so sehr mit dem Bau von Motoren beschäftigt, daß er eine Schrift über Schiffsmotoren schreiben konnte, von der mir ein hervorragender Fachmann gesagt hat, es sei das letzte Wort in dieser Frage, bis etwa neue Erfindungen zu neuen Entwicklungen führen würden.

Wenn ich meine Meinung über ihn in einem Wort zusammenfassen darf, so ist Lawrence der größte Genius, den England in den letzten zwei Jahrhunderten hervorgebracht hat, und ich glaube, keiner von denen, die ihn persönlich gekannt haben, vermag mir zu widersprechen.«

W.F. Stirling (1880-1958)
Oberstleutnant

»Während der Aufenthalte auf dieser Reise erzählte er mir manche Anekdote, von denen mir eine in besonderer Erinnerung geblieben ist. Lawrence ging eines Tages die Regent Street in London entlang und trug einen einfachen Regenmantel über seiner Oberstenuniform. Auf Steuerbord näherte sich ihm ein herrlich eingekleideter Major der Militärpolizei. ›Was fällt Ihnen ein, mich nicht zu grüßen?‹ – Lawrence: ›Ich grüße keine Majore.‹ – Der Major: ›Das werde ich Ihnen eintränken, Sie kommen vor ein Kriegsgericht wegen Frechheit und Ungehorsam!‹ – Lawrence: ›Das wird Ihnen nicht möglich sein. Aber Sie kommen vor ein Kriegsgericht, wenn Sie sich nicht anständig benehmen.‹ Und er ließ den andern langsam seine Achselstücke sehen und sagte ruhig: ›So bitte, jetzt grüßen Sie mich, und dann können Sie gehn.‹

Während unserer Luftreise sprach Lawrence zum erstenmal über seine Absicht, in das Fliegerkorps einzutreten. Erst dachte ich, er wollte mich aufziehen, aber es war ihm ernst.«

T. Henderson (1895-1945)
Hauptmann

»... Die nächste Episode seines Lebens war die Niederschrift, das Drucken, das Binden und die Veröffentlichung seines Buchs *Die Sieben Säulen der Weisheit*. Wir hörten, daß er mit dieser Arbeit beschäftigt war und daß er eine Anzahl von Leuten, die er der Ehre für würdig erachtete, aufforderte, 30 Pfund für ein Exemplar zu subskribieren. Auch ich freute mich, die Aufforderung zu erhalten und subskribieren zu können. In das Exemplar, das ich dann später bekam, schrieb er eine Widmung, die mir sehr teuer ist. Er erlaubte mir nicht, für das Buch zu bezahlen. Ich hätte es verdient, sagte er.

Als eine Geschichte von Krieg und Abenteuer, als Darstellung von allem, was das arabische Element der Welt bedeutet, sind die *Sieben Säulen* unübertrefflich. Sie gehören zu den größten Büchern, die in englischer Sprache geschrieben sind.

Die Struktur seiner Geschichte ist einfach. Die türkischen Armeen, die gegen Ägypten operierten, waren von der Wüsteneisenbahn abhängig. Dieser schmale Schienenstrang lief viele hundert Meilen lang durch die knisternde Wüste. Wenn es gelang, sie auf die Dauer zu unterbrechen, mußten die türkischen Armeen zugrunde gehen, war der Untergang der Türkei unvermeidlich und damit der Untergang jener furchtbaren Macht, die aus Zehntausenden von Kanonenschlünden auf den Ebenen Flanderns Feuer spie. Die Wüsteneisenbahn war die Achillesferse, und darauf richtete jener junge, noch nicht dreißigjährige Mann seinen tollkühnen, romantischen Angriff. Wir lesen von zahllosen Kämpfen, von langen schweren Kamelritten durch gedörrtes, versehrtes Land. Wer es durchziehen muß, wird Entsetzen empfinden vor dieser äußersten Trostlosigkeit der Natur. Vom Auto oder Flugzeug aus ist es leicht, diese abschreckenden Einöden zu betrachten, ihre endlosen Sandflächen, ihre glühenden, wilden, sturmumbrausten Felsen! Aber durch diese Landschaft schleppten unter unendlichen Entbehrungen und mit zermürbender Anstrengung Männer auf Kamelen große Mengen von Dynamit, um Eisenbahnbrücken zu sprengen, den Krieg zu gewinnen und – wie wir damals hofften – die Welt zu befreien.

Das Buch enthält keine großen Effekte. Alles ist dicht, persönlich und voller Empfindung. Es ist ein Epos, ein Wunder, ein Bericht von Entbehrung und Qual, und aus allem erhebt sich – ein Mann.

Es ist eine interessante Frage, was aus Lawrence geworden wäre, wenn der Krieg noch ein Jahr länger gedauert hätte. Neuigkeiten reisen im Osten, der arm an Neuigkeiten ist, sehr schnell. Der Ruhm dieses einen Mannes fing an, sich über Asien zu verbreiten. Nichts war unmöglich. Er hätte 1919 mit all den Rassen und Stämmen Kleinasiens und Arabiens im Gefolge vor Konstantinopel erscheinen können. Er stand schon in engen Unterhandlungen mit Mustapha Kemal. Napoleons jugendlicher Traum von der Eroberung des Ostens hätte leicht von einem jungen Mann verwirklicht werden können, der kaum eine der Eigenschaften vermissen läßt, aus der Welteroberer gemacht sind. Aber der Feind brach zusammen. Die Waffenstillstandsglocken läuteten. Die letzten großen Folgerungen konnten nicht gezogen werden. Die schreckliche Sintflut ließ nach. Lawrence war wie ein prähistorisches Ungetüm, das die riesigen Wogen des Ozeans bis weit ins Land hineingetragen hatten, plötzlich hilflos gestrandet, als die Fluten zu fallen begannen.

Von dem Rest seines Lebens sei nur ein ganz kurzer Auszug gegeben. Sein Stolz und viele andere seiner Tugenden waren übermenschlich. Er gehörte zu den Menschen, deren Lebensschritt schneller und nachdrücklicher ist als beim großen Durchschnitt. Wie ein Flugzeug nur durch seine Schnelligkeit und seinen Druck gegen die Luft zu fliegen vermag, so konnte auch er nur in einem Wirbelsturm fliegen. Sobald der Sturm aufhörte, wußte er kaum einen Grund für sein Dasein zu finden. In einem religiösen Zeitalter, und wenn er ein religiöser Mensch gewesen wäre, hätte er Zuflucht im Kloster gesucht. Ihm fiel ein schweres Schicksal zu. Er erfüllte es in der Fliegertruppe.

In einem braven Betrieb bekam sein Leben durch die ›einfache Runde, die gemeinsame Aufgabe‹ einen neuen erträglichen Sinn.

Als Clemenceau hochbetagt aus Indien zurückkehrte, fragten ihn die Reporter: ›Was werden Sie jetzt tun?‹ Er antwortete: ›Ich werde so lange leben, bis ich sterbe.‹ Genau so lag der Fall bei Lawrence. Zwölf Jahre lang diente er als Mechaniker in der Fliegertruppe. Der straffe Dienst, die gutherzigen braven Kameraden, der Mechanismus eines Flugzeugmotors, die Konstruktion von Schnellbooten – all das füllte ihn aus. Bei einer der seltenen Gelegenheiten, bei der ich ihn sah, warf ich ihm vor, daß er seine Fähigkeiten mutwillig verstecke, während das Reich sie dringend gebrauchen könnte. Er entgegnete, daß er ein Beispiel aufstelle und daß nichts im Leben besser und nützlicher sein könnte, als ein guter Fliegersoldat zu sein. Das ist er sicherlich gewesen. Aber wieviel war er außerdem!

Er hat die Phantasie unserer Welt so sehr beeindruckt, weil alle die Freuden, die die Natur ihren ungezählten Kindern darbietet, auf ihn keinen Eindruck machten. Die Feindschaft der Natur vermochte er in vollem Maß zu spüren, ihre Belohnungen kümmerten ihn nicht. Ein Heim, Geld, Bequemlichkeit, Ruhm, ja sogar Macht – all das bedeutete ihm wenig oder nichts. Die moderne Welt hatte keine Mittel, um auch nur im geringsten auf ihn einzuwirken. Einsam, erhaben, unerforschlich bewegte er sich auf einer Ebene, die fern von uns allen war. Das Dasein war nur eine Pflicht, die auf das genaueste und getreueste erfüllt werden mußte.

Wir haben uns nur noch sehr selten unterhalten. Aber ich stand unter seinem Bann und hielt mich für seinen Freund. Manchmal sprang er vor meinem Haus von seinem Motorrad, und ich beeilte mich dann jedesmal, ein gemästetes Kalb zu schlachten. Manchmal trat er herein und lief sogleich wieder fort, weil er fürchtete, zu stören, wo er stets willkommen war.

Zum letztenmal kam er wenige Wochen vor seinem Tod. Er fuhr nur auf seinem Fahrrad und sagte, daß er sich von seinem Motorrad trennen wollte. Er könnte sich solchen Luxus nicht mehr gestatten. Ich erinnerte ihn, daß er im Grunde den Säckel des Fortunatus besäße. Er brauchte nur die Hand zu heben. Aber er schüttelte mißbilligend den Kopf. Ein Motorrad ginge über seine Mittel. Unglücklicherweise blieb er nicht bei dieser Ansicht!

Ich halte ihn für einen der größten Menschen unserer Zeit, und nirgends sehe ich seinesgleichen. Ich fürchte, wie sehr wir auch in Not kommen können, einer wie er wird nicht wieder auftauchen. König Georg V. schrieb an den Bruder von Lawrence: ›Sein Name wird in der Geschichte fortleben.‹ Das ist wahr. Er wird in der englischen Literatur fortleben und in der Geschichte des Krieges. Er wird fortleben in der Tradition der Fliegertruppe und in den Legenden Arabiens.«

Winston Churchill (1874-1965)

»...In jener Zeit entschloß ich mich, ein Buch über ihn zu schreiben. Verleger und Herausgeber von Zeitschriften hatten mir unausgesetzt nachgestellt. Ich sprach mit Lawrence über meinen Plan, der mir sagte, daß er nicht die Absicht habe, selbst ein Buch über seinen Feldzug zu schreiben, obwohl er an seinen Aufzeichnungen arbeitete. Er fügte hinzu, daß er nach Beendigung dieser Arbeit seine Aufzeichnungen wahrscheinlich in einem Gewölbe verwahren würde mit der Bestimmung, daß sie erst nach seinem Tod veröffentlicht werden dürften. Dies ist eine sehr wichtige Feststellung, denn mein Buch ist der Gegenstand beträchtlicher Kontroversen nicht nur unter den Gegnern von Lawrence, sondern auch unter seinen Freunden gewesen. Ich habe Lawrence verschiedentlich und nachdrücklich gefragt, ob er etwas dagegen hätte, wenn ich ein Buch über ihn schriebe. ›Nicht das mindeste habe ich dagegen‹, erwiderte er, und er ermächtigte mich, mit der Arbeit zu beginnen. Was noch wichtiger war: er half mir. Mein Arzt hatte mich veranlaßt, aus der Stadt herauszuziehen, und so hatte ich mich am Rand von Richmond Park angesiedelt. Die körperliche Anstrengung, zu Tausenden von Menschen zweimal täglich während vier langer Monate zu sprechen, hatte mich ziemlich mitgenommen. Aus seiner eigenen Behausung in der Nähe von Westminster Abtei kam Lawrence regelmäßig zu mir, und zwar kam er zu Fuß, legte eine Strecke von mehr als 20 Kilometern zu Fuß zurück und arbeitete mit mir. Bei diesen Besprechungen habe ich ihn oft gefragt, ob gewisse Anekdoten, die ich gesammelt hatte, wahr seien. Sie behandelten seine Erlebnisse vor dem Krieg. Er pflegte mich auszulachen und zu entgegnen: ›Die Geschichte wird sowieso nicht aus der Wahrheit zusammengesetzt, was soll man sich also den Kopf zerbrechen?‹ Ich erwähne dies, weil ich in den letzten Jahren verschiedentlich von anderen Autoren angegriffen worden bin, ich hätte Geschichtchen in mein Buch aufgenommen, die tatsächlich nicht echt sind.

Es gibt ein bestimmtes falsches Zeugnis gegen Lawrence, das zu entkräften mir ganz besonders am Herzen liegt. Es ist der Vorwurf, den gewisse Kreise seiner Feinde verbreitet haben, er sei homosexuell gewesen.

Als Antwort auf diese alberne Lüge möchte ich sagen, daß jeder, der in seinem Leben mit Tausenden von Männern zusammengekommen ist, ohne weiteres gelernt hat, einen Homosexuellen zu erkennen. Wenn man längere Zeit mit pathologisch Veranlagten irgendwelcher Art umgeht, dann muß der Augenblick kommen, an dem sie sich einmal durch ein Wort, eine Betonung verraten. Ich habe viele Monate in der Gesellschaft von Lawrence verbracht, und ich habe in der ganzen Zeit nicht ein einziges, noch so leichtes Indiz für Homosexualität an ihm beobachten können. Aber man kann meine Eindrücke ja für irrig halten.

Eine andere Frage, die man in der ganzen Welt oft an mich gestellt hat, lautet: ›Warum hat Lawrence die Ehrungen, die ihm angeboten wurden, gemieden oder abgelehnt?‹ Man hat dies der Behandlung zugeschrieben, die die Araber nach dem Krieg durch die Friedenskonferenz erfuhren. Ich weiß, daß das nicht wahr ist, wenigstens ist es nur teilweise wahr. In der Wüste hat er mir gesagt, daß die Araber, ob man ihnen nun gewährte, was sie wollten, oder nicht, unfähig seien, gemeinsam am gleichen Strang zu ziehen und ein großes arabisches Reich zu schaffen. Mir vielmehr ist es klar, daß er jede Art von Ehrung ablehnte, weil er im tiefsten bescheiden war und Orden und Titeln keine Bedeutung beimaß. Er liebte seinen Ruhm, aber gleichzeitig wollte er ihm entrinnen.

In meinen persönlichen Beziehungen zu Lawrence habe ich, glaube ich, einen großen Fehler begangen. Er konnte es nicht oft genug betonen, daß er von der Welt in Ruhe gelassen werden wollte. Er pflegte lachend zu erklären, daß er niemals ein Wort über sich gesagt haben wollte. Aber in seinem Innern machte ihm all das, was er so ableugnete, tiefe Freude. Der

Fehler, den ich begangen habe, bestand darin, daß ich seine Worte ernst nahm. Nachdem ich einige Jahre damit verbracht hatte, den Ruhm seiner Taten über die Welt zu verbreiten, ließ ich ihn, genau nach seinen Worten, völlig in Ruhe. So kam er vielleicht auf den Gedanken, daß ich nichts mehr von ihm wissen wollte.

Während vieler Jahre, die mich kreuz und quer über den Erdball getragen haben, ist mir der Vorzug geworden, viele ungewöhnliche Menschen kennenzulernen. Aber keiner läßt sich mit Lawrence von Arabien vergleichen.

Es gibt ein altes türkisches Sprichwort, das die Art von Lawrence auf das treffendste charakterisiert und das, übersetzt, ungefähr besagen würde: ›Er hatte eine geniale Fähigkeit, sich ins Rampenlicht zurückzuziehen.‹«

Lowell Thomas (1892-1981)
Amerikanischer Journalist

»... Zufällig gehörte nun zu dem Genie von Lawrence auch literarisches Genie. Seine bis zum Wahnsinn getriebene Gewissenhaftigkeit zwang ihn, ein Buch zu schreiben, damit die Wahrheit von den Legenden und Lügen geschieden werden könnte und die Geschichte eine jener seltenen Gelegenheiten geboten bekäme, die ihr gestatten, sich vor Romantik und alberner Einseitigkeit zu retten. Aber er war unerschütterlich entschlossen, aus dem Blut der Araber oder seinem eigenen keine Münze zu schlagen. Er schrieb seinen Bericht, und als er verlorenging, schrieb er ihn ein zweites Mal, wie dies Carlyle mit seiner *Französischen Revolution* getan hat, nachdem das Stubenmädchen von Mill den Kamin damit angezündet hatte. Dieses Unterfangen grenzte an ein Wunder und das Resultat war ein Meisterwerk. Materiell hätte es dem Autor eine hübsche Rente für den Rest seines Erdendaseins abwerfen können, und die Verleger brannten schon darauf, ihm einen großen Vorschuß hinzuschütten.

Aber Lawrence entschloß sich, Geld an diesem Buch zu verlieren. Er beauftragte gute Maler, von seinen arabischen Waffengefährten Portraits zu schaffen, und von einbildungsreichen Künstlern ließ er sich schwarzweiße Illustrationen anfertigen. Die Portraits ließ er farbig reproduzieren. Das Papier ließ er nach besonderen Angaben anfertigen und den Druck leitete er selbst. Schließlich legte er eine beschränkte Auflage für private Subskribenten vor, nachdem ihn das Exemplar ungefähr 90 Pfund gekostet hatte. Der Subskriptionspreis betrug 30 Pfund. Kaum war das Buch erschienen, als Inserate in der ›Times‹ erschienen, die fünf Pfund pro Woche für das Entleihen eines Exemplars anboten...

...Mit der einzigen zweifelhaften Ausnahme meiner eigenen Person hat niemand die Journalisten und sogar die Diplomaten so sehr in Versuchung geführt, Lügen über ihn zu verbreiten, wie Lawrence. Man lese nur die Nachrufe auf seinen Tod! Alle tragen die Überschrift: Der Geheimnisvolle. Aber es hat seit Kriegsende nicht ein einziges Geheimnis um Lawrence gegeben. Er änderte zweimal seinen Namen, aber jedermann war darüber so gut unterrichtet wie über die Namensänderung, die seinerzeit der König vorgenommen hat.

Alle Mächte Europas hatten es sich in den Kopf

gesetzt, daß Lawrence als Spion in Indien war, während man durch eine einzige Anfrage hätte feststellen können, daß er als einfacher Soldat Shaw seinen prosaischen Dienst in Dorset, in Plymouth, in Lincolnshire tat, sich nicht im mindesten um die große Politik kümmerte, seine Freunde durch Besuche überraschte, sooft er Urlaub hatte, wobei er auf seinem berühmten Motorrad, das ihn schließlich getötet hat, unglaubliche Entfernungen zurücklegte. Außerdem beschäftigte er sich mit Büchern und Schnellbooten und den Versuchen zum Rennen um den Schneider-Pokal und hatte alle möglichen alltäglichen Dinge zu erledigen, worüber er offen zu jedermann sprach.

Seine geheimnisvollen Reisen nach Asien waren in Wirklichkeit Fahrten zur Buchhandlung von Bumpus in Oxford Street.

Die Bücher, die er über sich selbst geschrieben hat und die er in jedermanns Mund dadurch brachte, daß er sie zurückzog, als sie auf der Höhe ihres Ruhms angelangt waren, wurden von einem halben Dutzend populärer Schriftsteller nacherzählt. Als er sich mitten in dem Zustand befand, der zehn Scheinwerfer zur gleichen Zeit auf ihn gerichtet hielt, pflegte jedermann auf ihn zu zeigen und zu sagen: ›Seht, wie er sich verbirgt! Wie er es haßt, gesehen zu werden!‹ Er war so leicht zu sehen und zu finden, daß es ihm unangenehm wurde und er einige schwache Versuche machte, sich zu verstecken; aber das nützte ihm nichts: er war ein ganz gerissener Clown, der anscheinend aus Versehen immer wieder etwas tut, wodurch das Licht von neuem auf ihn gerichtet wird.

Niemals ist Lloyd George oder Ramsay MacDonald

geheimnisvoll genannt worden. Nun, ich möchte den sehen, der mir auch nur ein Zehntel von dem über die beiden sagen kann, was jedermann über Lawrence weiß. Aber trotzdem hört man nicht auf, Romantik um ihn zu verbreiten. Wahrscheinlich wird das bis zum Ende der Weltgeschichte nicht anders werden.

...Man muß sich stets vor Augen halten, daß er Männern wie Haig oder Allenby oder Foch oder Ludendorff durchaus nicht glich, die ihre Befehle gaben und von den blutigen Folgen nichts sahen. Lawrence mußte die teuflischsten Dinge mit eigener Hand ausführen und ihre furchtbaren Wirkungen aus nächster Nähe mit ansehen. Er selbst mußte die Mine legen, den nahenden Zug erwarten, den Kontakt einschalten und ganze Wagenladungen von Türken in schreiende blutige Fetzen gerissen sehen, die ihm um die Ohren flogen. Er selbst hatte seinen Revolver zu ziehen und kaltblütig ein Todesurteil zu vollstrecken, weil kein Araber ihm das abnehmen konnte, ohne sich einer Blutfehde auszusetzen.

Ein Mensch von höchster Empfindsamkeit und Einbildungskraft kann solche Dinge nicht so verrichten, als ob er seine Stiefel anzöge. Ich fragte ihn einmal, ob so entsetzliche Erfahrungen ihn nicht bedrückten. Ja, sagte er, natürlich bedrückten sie ihn sehr. Seine unerschütterliche Weigerung, aus seinen Erlebnissen Geld zu schlagen, selbst als er sich in wirklicher Not befand, zeigen am besten, wie ihm zumute war. Er zog es vor, sechs Pence in der Stunde als einfacher Soldat zu verdienen, statt mit arabischem und türkischem Blut Bestseller zu schreiben. Zu einer gewissen Zeit nach dem Krieg hat er um seine geistige Gesundheit, glaube ich, schwer kämpfen müssen, aber das war, bevor ich ihn kannte. Er war von einer geradezu lächerlichen Verehrung für Literatur und Autoren erfüllt, und meine Bemühung, ihn davon zu heilen, indem ich ihm nachweisen wollte, daß eine Leistung wie die Erschaffung der *Sieben Säulen* ihn für immer den Reihen der Gelegenheitsschreiber und Dilettanten entrückt habe, erschreckte ihn so, daß er kein Wort mehr über das Thema verlor. Obwohl man ihn als scheu beschrieben hat, so habe ich davon niemals etwas gemerkt. Er ging, wohin er wollte, ob es nun ein Arbeiterhaus war, um zu fragen, ob er am allgemeinen Abendessen teilnehmen dürfe, weil er nicht in ein Restaurant gehen wollte, oder ob es der Palast des Königs war, um dem Monarchen seine Meinung zu sagen. Er war ein sehr eigentümlicher Geselle, ein geborener Schauspieler, und hatte immer eine Lausbüberei im Kopf: nie fühlte man sich ganz sicher vor ihm.

Das seltsame Stehenbleiben seiner physischen Entwicklung war verwirrend: noch mit vierzig Jahren besaß er das grinsende Lachen und die lässige Ausdrucksweise eines Schuljungen; und so mächtig und reich sein Geist gewesen ist, so weiß ich doch nicht, ob er jemals die volle Reife erlangt hat.«

Bernard Shaw (1856-1950)
Schriftsteller

»...Das sogenannte Geheimnis, das seine späteren Jahre umgab, entstand aus der Tatsache, daß er in die übliche Vorstellung von einem großen Helden nicht passen konnte und wollte. Er war weder leuchtend und strahlend noch knabenhaft bescheiden: sein guter Geschmack verbot ihm das erste, und seine Selbsterkenntnis machte ihm das zweite unmöglich. Er war durch und durch ehrlich. Ich glaube, er war ehrlicher als irgend jemand anders, den ich kennengelernt habe, aber er war nicht einfach. Viele der Widersprüche innerhalb seines Charakters gehen darauf zurück, daß er sich seiner eigenen Kompliziertheit vollkommen und mitleidslos bewußt war. Immer versuchte er, objektiv und endgültig festzustellen, wer und was er eigentlich war, in der Vergangenheit wie in der Gegenwart. Sein Interesse für Photographie ist bezeichnend für diesen alles andere beiseite drängenden Wunsch, die Wahrheit zu erfassen und festzuhalten. Sie hat ihr Gegenstück in seiner Bereitwilligkeit, andern zu erlauben, daß sie ihn zeichneten oder malten. Er wäre der letzte gewesen, der dabei das Motiv der Eitelkeit geleugnet hätte. Aber die Wahrheit liegt tiefer. ›Es schien mir‹, sagt er in den *Sieben Säulen*, ›als ob jedes Portrait, das ein Künstler von jemandem macht, den er nicht näher kennt, etwas von einem Urteil Gottes enthält.‹ Da Lawrence sich selbst ein Geheimnis war, hoffte er, daß die künstlerische oder mechanische Wiedergabe seiner Züge ihm helfen würde, eine objektive Anschauung von sich selbst zu erlangen.

Auf literarischem Gebiet hatte er eine besondere Vorliebe für realistische Schilderungen, besonders von Lebensumständen, die sich unter einem Druck abspielten. Er schrieb mir einmal: ›Ich möchte, daß ein Tagebuch oder eine Aufzeichnung von Ereignissen so wirklichkeitsgetreu ist wie nur möglich. Phantasie ist bei solchen Gelegenheiten störend. In Romanen aber ist die Wirklichkeitstreue störend, weil sie sich sozusagen auf einer höheren Ebene abspielen, indem sie den Extrakt eines Themas darbieten sollen. Das eine ist Augenzeugenbericht, das andere geistige Schöpfung. Im ersten Fall kann die Photographie nicht scharf genug sein, denn die Sinne sollen nur eine einmal gemachte Aufzeichnung festhalten; im zweiten Fall muß man selbständig entwerfen. Sobald man aber den Drang hat zu entwerfen, kommt das Tatsächliche zu kurz.‹ Ich konnte ihm nicht zustimmen, daß ein Mensch einer so genauen geistigen Photographie überhaupt fähig ist, oder daß selbständiges Entwerfen vermieden werden kann, ob der Künstler es nun bemerken mag oder nicht. Ich konnte nicht zugeben, daß, wenn der Geist sich einmal mit der Niederschrift beschäftigt, er sich nur auf die Tatsachenwahrnehmung der Sinne verlassen kann. Wir sahen, daß wir uns nicht einigen konnten, aber ich habe seitdem oft denken müssen, daß seine ›photographische‹ Theorie typisch ist für sein lebenslanges Bemühen, die objektive Wahrheit zu erreichen...«

John Brophy (1899-1965)
Schriftsteller

Bildteil

Thomas Edward Lawrence und Leonard Woolley auf der Grabung in Karkemisch, 1913
»Der Lebensstil in Karkemisch war ein exquisiter Kulturtempel, wo sich die Wissenschaft höchstens durch die Hintertür einschlich und der Tolpatsch von Außerhalb ohne große Scham sich dem Müßiggang hingeben konnte, während er seinen Tee aus den ungebrannten, dünnen Tassen der Museumsvitrine trank.« E. H. R. Altounyan (TEbF 115)

In Nordsyrien
»Dieses Land ist für Ausländer zu herrlich, als daß man es in Worte fassen könnte...« (HLs 218)

Dahoum in Karkemisch, 1913
»... der Junge kann lesen und schreiben, & so ist er der beste Arabischlehrer im ganzen Umkreis.« (HLs 176)

»... nicht besonders intelligent, aber herrlich gebaut und ausgesprochen gutaussehend.« Woolley (TEbF 89)

Die arabische Burg in Tadmor, dem antiken Palmyra

»Um den Bau noch schöner zu machen, war, wie sie erzählten, der Lehm nicht mit Wasser, sondern mit kostbaren Blumenessenzen geknetet worden. Meine Führer witterten gleich Hunden in der Luft, führten mich von einem zerfallenen Raum in den anderen und erklärten: ›Das hier ist Jasmin, das Veilchen, das Rose.‹ Aber zu-

letzt zog mich Dahoum mit sich: ›Komm und rieche den schönsten Duft von allen!‹ Wir gingen in den Hauptraum, traten an die gähnenden Fensterhöhlen der östlichen Seite und tranken dort mit offenem Munde den leichten, reinen, unbeschwerten Wüstenwind, der uns umfächelte.« (SSW 21)

Brücke über die Barada
»Ich glaube nicht, daß irgend jemand, der wie ich am vorderen Orient Geschmack gefunden hat, auf halbem Wege umkehren würde, nur um bei euch in Oxford zu Amt und Würden zu kommen.« (HLs 232)

Landschaft in Nordsyrien

»Die Straßen geben niemals Ruhe, ja, Steigungen und Gefälle von 1200 bis 1500 Fuß in die Täler, meist vertrocknet, und auf die glühend heißen Hügel, sind die Regel. Den ganzen Tag lang tritt man von einem spitzen Fels zum anderen, und das ermüdet nicht nur die Füße, sondern auch das Gehirn, denn man muß ständig auf der Hut sein, um den richtigen Punkt für den nächsten Schritt zu finden und nicht auszurutschen...« (HLs 88 u. 97)

Feisal, zentrale Führergestalt des arabischen Aufstands, 1916

»Ich fühlte auf den ersten Blick: dies war der Mann, den zu suchen ich nach Arabien gekommen war – der Mann, der die Erhebung Arabiens zu glorreichem Ende führen würde. Feisal machte einen sehr großen säulenhaften Eindruck in seinen langen, weißseidenen Gewändern und dem braunen Kopftuch...« (SSW 87)

Lawrence in seinen neuen arabischen Gewändern, Nakhl Mubarak 1916/17

»...die arabische Tracht war in der Wüste das einzig Richtige. Auch Hedschris war entzückt und schwelgte förmlich darin, mich in den prächtigen weißseidenen, golddurchwirkten Hochzeitsgewändern auszustatten, die Feisal vor kurzem von seiner Großtante in Mekka erhalten hatte. In dieser mir neuen lockeren Kleidung machte ich einen Gang rings um die Palmengärten von Mubarak...« (SSW 132)

Farradsch und Daud aus dem Gefolge Feisals, die Lawrence auf seinem Feldzug begleiten
»Die beiden waren Freunde von Kindesbeinen an gewesen, in ungetrübter Heiterkeit; sie hatten zusammen gearbeitet, zusammen geschlafen und Freud und Leid stets miteinander geteilt, mit der Offenheit und Ehrlichkeit einer vollkommenen Liebe.« (SSW 363)

Lawrence vor Beginn des Zuges nach Akaba in Wedsch, 1917
»Der Ermattende beneidete die, die erschöpft genug waren, um zu sterben; denn der Erfolg schien so weit entfernt und Mißlingen eine nahe und gewisse, wenn auch bittere Erlösung von der Qual. Wir lebten stets in höchster Spannung oder tiefster Erschlaffung unserer Nerven, auf dem Wellenkamm oder im Wellental des Gefühls. Diese Machtlosigkeit war qualvoll für uns und ließ uns nur für das Nächstliegende leben, unbekümmert darum, was wir Böses taten oder erlitten, da körperliches Empfinden sich als ein armselig Vergängliches erwies.« (SSW 8)

Feisals Leibtruppe der Ageyl mit den roten Kriegsbannern, 1917
»Feisals Armee belief sich auf fünftausend Kamelreiter und fünftausenddreihundert Mann zu Fuß, mit vier Krupp-Gebirgskanonen und zehn Maschinengewehren; zum Transport hatten wir dreihundert Lastkamele... Der Paukenschläger... ließ sieben oder acht Paukenschläge ertönen, worauf alles still wurde. Wir blickten auf Feisal. Er erhob sich von seinem Teppich, wo er noch eben ein paar Worte zu Abd el Kerim gesprochen hatte, ergriff beide Sattelknöpfe, stemmte das Knie gegen die Flanke des Tieres und rief laut: ›Laßt Gott für euch walten.‹...« (SSW 160)

Lawrence auf seinem Kamel während des Zuges nach Akaba, 1917
»Es ist nicht schwer, auf dem Buckel eines Kamels zu sitzen, ohne herunterzufallen; aber mit Verständnis das Beste aus ihm herauszuholen, ohne bei langer Reise Reiter und Tier zu überanstrengen, dazu gehört allerlei.« (SSW 73)

Die Beduinentruppe beim Ritt auf Akaba, 1917
»Blut war immer an unseren Händen, dazu waren wir ja ermächtigt. Verwunden und Töten erschien als ein nebensächliches Geschäft, so hart und schonungslos ging das Leben mit uns um. Da die Sorge um Erhaltung des Lebens so groß war, mußte der Wille zur Bestrafung mitleidlos sein. Wir lebten für den Tag und starben für ihn.« (SSW 10)

Feisals Ageyltruppe, 1917

»Aber an diesem Nachmittag dachten die Ageyl nicht an Gott, sondern an uns: ...Dann kam ein auffordernder Trommelwirbel; und der Dichter des rechten Flügels stimmte einen schrillen Gesang an, einen frei erfundenen Zweizeiler zum Ruhm Feisals und der Herrlichkeiten, die er uns in Wedsch verschaffen würde. Der rechte Flügel horchte gespannt auf den Vers, nahm ihn auf und sang ihn gemeinsam einmal, zweimal, dreimal... Der linke Flügel brach in Beifallstriumph aus, die Trommeln rasselten von neuem, die Bannerträger entrollten die großen, leuchtend roten Fahnen, und alles stimmte im Chor den brausenden Gesang der Leibgarde an...« (SSW 162)

Landschaft im Wadi Rumm
»Die einzelnen Massive waren gekrönt von hochgewölbten Gipfeln, gleich Gruppen von Domkuppeln, nicht so brennend rot wie das übrige Gestein, sondern nur leicht getönt und mehr ins Grau spielend. Damit vollendete sich der Eindruck einer byzantinischen Architektur um diesen unvergleichlichen Ort, diesen Prozessionsweg, gewaltiger, als ihn Phantasie sich vorzustellen vermag...« (SSW 430)

Wadi Rumm
»Sie waren keine geschlossenen Felswände, sondern in gewaltige Blöcke aufgeteilt, die gleich riesigen Bauwerken zu beiden Seiten der Straße standen. Tiefe, fünfzig Fuß breite Querschlünde trennten diese einzelnen Massive, in deren Wände die Verwitterung gewaltige Buchten und Apsiden ausgerundet hatte, überdeckt von feinen Rissen und Furchen wie mit Ornamenten.« (SSW 430)

Sturm auf Akaba, 6. Juli 1917
»Dann jagten wir vier weitere Meilen durch treibenden Sandsturm nach Akaba hinab und am 6. Juli schnur-

stracks in die aufspritzende See hinein, genau zwei Monate nach dem Aufbruch von Wedsch.« (SSW 380)

Lawrence mit seiner Leibgarde in Akaba, 1917
»Wir wanderten zu dem schattigen Palmenhain, dicht am Rande der schäumenden Wogen, und setzten uns

dort nieder, um den Strom unserer Leute vorüberziehen zu sehen: lange Reihen erhitzter, leerer Gesichter, in denen nichts zu uns sprach.« (SSW 381)

Lawrence nach dem Sieg von Akaba, 1917
»In dem grellen Licht des Sieges vermochten wir uns kaum wiederzuerkennen. Unsere Stimmen klangen uns fremd, wir saßen gedankenlos umher, tasteten an unseren weißen Kleidern herum, zweifelnd, ob wir je begreifen oder erfahren würden, wer wir eigentlich waren.« (SSW 381)

Feisal und Lawrence nach der Eroberung von Akaba, Juli 1917

»Am Abend dann, nachdem unsere erste Reaktion gegen den Erfolg vergangen war, begannen wir zu überlegen, wie Akaba, nachdem wir es genommen hatten, nun auch zu halten wäre.« (SSW 383)

Der Hafen von Akaba
»Durch den aufwirbelnden Staub bemerkten wir, daß Akaba in Ruinen lag. Die wiederholten Beschießungen durch die englischen und französischen Kriegsschiffe hatten den Ort zu einem Schutthaufen gemacht.« (SSW 381)

Lawrence auf dem Balkon des Gouverneurspalastes in Jerusalem, Dezember 1917
»...ich nahm an der Einzugszeremonie am Jaffator teil, dem schönsten Augenblick des Krieges für mich.« (SSW 564)

Diese Glocke läutete schon zu Lawrences Zeiten
»Der Ausbruch des Krieges stürzte den Hedschas in Schwierigkeiten. Die Pilgerfahrten hörten auf, und damit kamen auch das Geschäftsleben und die Einkünfte der Heiligen Städte ins Stocken. Man fürchtete mit Recht, daß die aus Indien mit Lebensmitteln kommenden Schiffe ausbleiben würden, und da die Provinz ja fast gar nichts für den eigenen Bedarf erzeugen konnte, bestand die Gefahr, daß sie in sehr mißliche Abhängigkeit von dem Wohlwollen der Türken geraten würden, die sie durch Einstellung des Verkehrs auf der Hedschasbahn aushungern konnten.« (SSW 33)

Das Ende der Hedschasbahn auf Jordanischer Seite
»Er (Garland) hatte seine eigenen Kniffe, um Eisenbahnen zu unterminieren, Telegraphenmaste umzulegen und Strecken zu unterbrechen; seine Kenntnis des Arabischen und sein Freisein von allen Regeln der Pioniervorschrift befähigten ihn, die ungebildeten Beduinen in der Kunst der Zerstörung schnell und erfolgreich zu unterrichten.« (SSW 118)

Lager Tafileh, Januar 1918: Scherif Nasir
»Nasir blieb nicht untätig. Er brach mit seiner Schar von Dschefer plötzlich auf, und im Morgengrauen, nach einer wilden Sturmnacht, erschien er auf dem Kamm der felsigen Schlucht, in deren Schutz Tafileh lag. Er forderte es zur sofortigen Übergabe auf, widrigenfalls der Ort zusammengeschossen würde...« (SSW 586)

Lager Tafileh, Januar 1918: Mastur Ibn Dakhil
»Mastur wurde ebenfalls benachrichtigt. Er zog seine Motalga-Kavallerie und Infanterie aus ihren behaglichen Zelten in den sonnigen Tiefebenen Arabiens und erklomm mit ihnen den Höhenpaß gen Tafileh.« (SSW 586)

Lager Tafileh, Januar 1918

»Die Beduinen sind ein eigenartiges Volk. Für den Engländer war es schwer, mit ihnen umzugehen, besaß er nicht die Geduld, weit und tief wie das Meer. Sie waren völlig Sklaven ihrer körperlichen Begierden, ohne jede Hemmung; sie gossen ungeheure Mengen von Kaffee, Milch oder Wasser in sich hinein, verschlangen ganze Haufen von gesottenem Fleisch und waren die zudringlichsten Bettler um Tabak. Wochen vorher und nachher träumten sie von ihren seltenen sexuellen Erlebnissen, und in der Zwischenzeit kitzelten sie sich und ihre Zuhörer mit der Erzählung schlüpfriger Geschichten.« (SSW 258)

Lager Tafileh, Januar 1918
»Die erwähnten Stämme saßen rings um Tafileh, und ihre Blutfehden machten es uns unmöglich, sie nördlich des Wadi Ghesa zu verwenden. Es stimmte zwar, daß die Scherifs beim Vormarsch alle Waffenfähigen in jedem Bezirk zu einer bestimmten Löhnung anwarben, aber es galt für selbstverständlich, daß diese Löhnung nur fiktiv war und nur ausgezahlt wurde, wenn die Leute auch wirklich zum aktiven Dienst eingezogen wurden.« (SSW 625)

Feisals Armee auf dem Vormarsch nach Damaskus, September 1918

»Der Wind blies durch unsere Kleider hindurch, daß man das Gefühl hatte, nackt zu sein, machte die Finger

zu steifen Klumpen, daß man weder Reitstock noch Zügel halten konnte, und verkrampfte unsere Schenkel, daß wir keinen Halt mehr hatten im Sattel... standhaft setzten wir unseren Weg gen Norden fort.« (SSW 615)

Damaskus mit der Omayyadenmoschee im Zentrum
»Als der Morgen graute, fuhren wir auf den Höhenrükken, der die Oase der Stadt südlich umgrenzt; wir getrauten uns kaum nach Norden hinzuschaun, aus Angst, nur eine Trümmerstätte zu sehen. Aber anstatt Ruinen, lagen da stille Gärten in prangendem Grün, überdunstet vom frühen Nebel des Flusses, und durch seine Schleier hindurch schimmerte die Stadt herrlich wie je, gleich einer Perle in der Morgensonne.« (SSW 821)

Lawrence in seinem Rolls-Royce »Blauer Dunst« bei der Einfahrt in Damaskus am 1. Oktober 1918

»In aller Ruhe fuhren wir die langgezogene Straße hinunter, die zu dem Regierungsgebäude am Ufer der Barada führt. Sie war umlagert von Menschen; auf ihr, neben ihr, an den Fenstern, auf den Balkonen und Dächern standen sie dichtgedrängt. Viele weinten, hier und da ertönten schwache Hochrufe...« (SSW 821)

Damaskus, Merdje-Platz. Die Säule erinnert an die Telegraphenlinie Medina–Mekka.

»Als wir einzogen, hatten uns viele Hunderte von Menschen begrüßt; jetzt aber waren aus jedem Hundert Tausende geworden … Wir aber machten uns ans Werk.

Als Ziel schwebte uns vor, eine einheimische arabische Regierung auf einer möglichst breiten Grundlage zu bilden, die es gestattete, den Schwung und den Opfergeist der Erhebung für das Werk des Friedens nutzbar zu machen.« (SSW 827)

Im Souk von Damaskus
»Ferner galt es die Versorgung der Stadt zu regeln. Viele hatten seit Tagen kaum noch etwas zu essen gehabt. Was von Vorräten in den Armee-Proviantämtern nicht zerstört war, wurde zunächst unter die Hilfsbedürftigen verteilt. Aber auch für die Allgemeinheit mußten Nahrungsmittel beschafft werden. Vorräte waren in Damaskus nicht vorhanden...« (SSW 829)

Lawrence auf dem Balkon des Rathauses von Damaskus, Oktober 1918

»Damaskus war mir nicht als die Scheide meines Schwertes erschienen, als ich zuerst in Arabien landete; aber seine Einnahme enthüllte die Erschöpfung der Haupttriebfeder meines Handelns. Mein stärkster Beweggrund war während der ganzen Zeit ein persönlicher gewesen, der hier nicht erwähnt wurde; aber er ist, wie ich glaube, mir zu jeder Stunde dieser zwei Jahre gegenwärtig gewesen.« (SSW 839)

Kleine Moschee in Damaskus

»Später saß ich dann allein in meinem Zimmer und versuchte nach diesem ereignisreichen Tage eben meine Gedanken ein wenig zu sammeln, als die Muessin begannen, den abendlichen Gebetruf über die im hellen Licht strahlende und feiernde Stadt durch die feuchte Nacht zu schicken. Von einer Moschee ganz dicht bei meinem Fenster rief ein Muessin mit besonders reicher, klangvoller Stimme. Unwillkürlich lauschte ich seinen Worten... Zum Schluß senkte er seine Stimme um zwei Töne, fast zum Sprechen, und fügte leise hinzu: ›Und Er hat uns viel Gnade erwiesen am heutigen Tag, o Volk von Damaskus!‹« (SSW 831)

Lawrence, D.G. Hogarth und Oberst Alan Dawnay im Hauptquartier Kairo, 1918
»In Kairo, wo ich vier Tage verbrachte, war unsere Sache nun nicht mehr von wechselnden Glücksfällen abhängig, Allenbys Geneigtheit verschaffte uns sogar einen vollständigen Stab...« (SSW 634)

Feisal und Lawrence an Bord der HMS Orion, 1918
Das Foto entstand während des Besuchs Feisals in Großbritannien nach Beendigung des arabischen Aufstands. Im Dezember 1918 reiste Feisal nach Schottland.

Die Hedschas-Delegation auf der Pariser Friedenskonferenz, 1919

Von links nach rechts: Feisals persönlicher Sekretär Rustum Haidar, Nuri Said, Capitaine Pisani, Kommandeur der französischen Einheit in Feisals Armee, Feisal, Lawrence, Feisals Sklave und Hauptmann Hasan Kadri.

»Diese fünf Monate in Paris waren die schlimmsten, die ich je erlebt habe.« (Brief Lawrences an Charlotte Shaw, 18. 10. 1927)

Die Delegation der Kairo-Konferenz in Amman, 1921
In der vorderen Reihe: Gertrude Bell, Sir Herbert Samuel, Lawrence und Abdullah.

»Auf den ersten Blick hielt ich Lawrence für den Sekretär eines kleinen Lichts der Kairo-Konferenz...« (Ein Mitglied der Konferenz, TEbF 233)

Lawrence in Karatschi, 1927
Eines der wenigen Fotos, das Lawrence signierte mit TEShaw.
»Der Platz ist deprimierend, bis zu einem gewissen Grad, und sein Umfeld läßt mich erschauern. Es ist eine Wüste, ganz ähnlich wie Arabien...« (Brief an Charlotte Shaw, 28. 1. 1927)

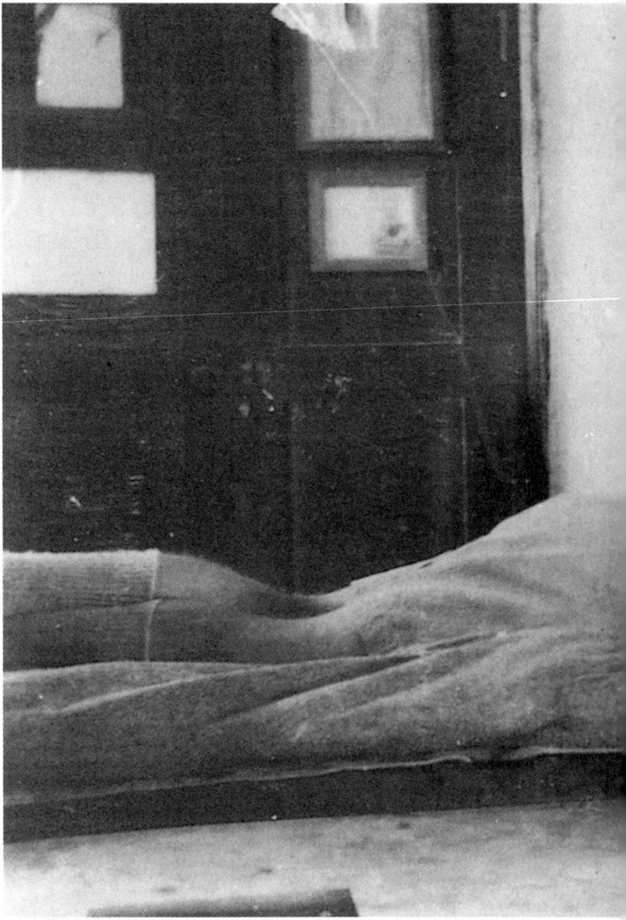

Im Lager von Mirandschah, 1928

Auf der Rückseite des Fotos: »Dies ist nun mein Reich: das Feldbett. Ein konstitutionelles Königreich: ich kann es nämlich weder ändern noch anders arrangieren, außer nach Vorschrift. Das Buch ist der ›Ulysses‹... von Joyce. Beim Fotografieren wechselte ich vom linken Ell-

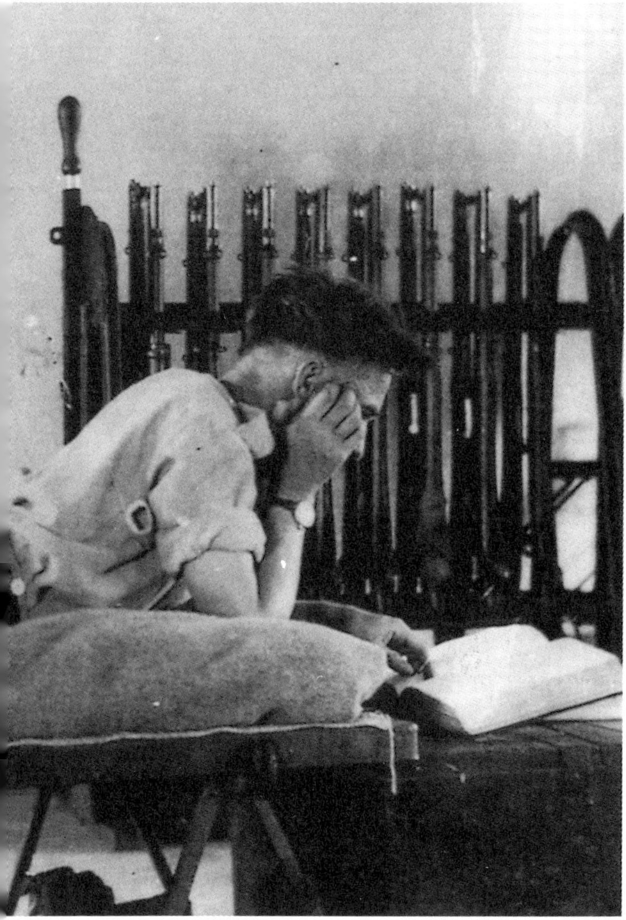

bogen auf den rechten. Auf dem Foto bin ich schwer zu erkennen, denke ich, aber lustig. Den Gartenzauneffekt hinter meinem Kopf bewirken die Gewehre. Das Buch liegt auf meiner Kleiderkiste. Über dem Bett oben das Moskitonetz. Unter dem Bett stehen meine Stiefel! Ich hoffe, Du [Charlotte Shaw] wirst lachen.«

Lawrence auf dem Militärflugplatz in Mirandschah, 10. Dezember 1928

»Um uns, ein paar Meilen entfernt, stehen niedrige, kahle, porzellanfarbige Hügel in einem Ring, mit abgebrochenen Kanten und einer Horizontlinie wie zerbrochene Flaschen. Afghanistan ist zehn Meilen entfernt.« (Ls 614)

Syrische Wüste
»In meinem Falle brachte mich die Mühe dieser Jahre, die Kleidung der Araber zu tragen und ihre Geistesart nachzuahmen, um mein englisches Ich und ließ mich den Westen und seine Welt mit neuen Augen betrachten: sie zerstörten sie mir gänzlich...« (SSW 11)

Syrische Wüste

»Der Glaube der Wüste scheint unaussprechbar in Worten und ist auch nicht mit Gedanken zu fassen. Man unterlag leicht seinem Einfluß; und wer lange genug in

der Wüste lebte, um ihrer endlosen Weite und Leere nicht mehr bewußt zu werden, der wurde unweigerlich auf Gott zurückgeworfen als einzige Zuflucht und Rhythmus des Seins.« (SSW 22)

Die sieben Säulen der Weisheit

»Die Weisheit hat ihr Haus erbaut, hat ihre sieben Säulen aufgerichtet, ihr Schlachtvieh geschlachtet, den Wein gemischt, auch ihre Tafel gedeckt, und ausgesandt ihre Mägde; ihr Ruf ergeht auf den höchsten Stellen der Stadt: ›Wer unerfahren, der kehre hier ein!‹ Und zum Unverständigen spricht sie:

›Kommt! Esset von meinem Brot und trinkt vom Wein, den ich gemischt! Verlaßt die Torheit, so werdet ihr leben, und wandelt dahin auf dem Wege der Einsicht!‹«
(Salomon, Sprüche 9, 1-6)

Für S. A.

»Ich liebte Dich, also zog ich Menschengezeiten in meine Hände und schrieb meinen Willen in Sternen an den Himmel.

Dir die Freiheit zu gewinnen, das siebensäulige Haus, damit Deine Augen für mich leuchteten, wenn wir kamen.

Der Tod schien mein Diener am Wege, bis wir nahe waren und Dich warten sahen: Du lächeltest, und in

kummervollem Neid überholte er mich und nahm Dich beiseite in seine Stille.

Die Liebe, wegmüde, tastete nach Deinem Körper: ein schmaler Lohn für uns, für uns ein Augenblick, bevor der Erde sanfte Hände Dein Antlitz erforschen und die blinden Würmer fett würden an Deinem schwindenden Wesen.

Menschen baten mich, mein Werk, das unversehrte Haus, zu Deinem Gedächtnis zu bauen.

Doch als angemess'nes Denkmal zerstört ich's, unvollendet: und nun kriechen die kleinen Dinge heraus, sich Hütten zusammenzuflicken im zerstörten Schatten Deiner Schenkung.« (SSW Widmung)

»Clouds Hill«, das Lawrence 1923 erwarb

Das kleine Haus hatte Lawrence angeblich beim Umherstreifen während seiner Stationierung in Bovington entdeckt. Anderthalb Kilometer vom Lager und der durchfurchten Heide, wo die Panzer übten, stand die Kate auf einem kleinen rhododendronumstandenen Stück Land. »Clouds Hill« sorgte für Lawrences emotionale Bedürfnisse. Hier befanden sich seine Bücher. Drei Glasglocken bargen Lebensmittel. Einen Kühlschrank, Heizung und Bad gab es nicht.

Lawrence auf einem Brough-Motorrad, RK 4907, 1926
Seine Vorliebe für schnelle Maschinen wird Lawrence zum tödlichen Verhängnis, als er am 13. Mai 1935 in der Nähe von Bovington verunglückt. Es war nicht der erste Unfall mit einem Motorrad: »Ein ungebärdiges Motorrad mit einem Tropfen Blut drin ist besser als alle Reittiere der Welt.« (Mint III, 16, 199)

In einem Trauerkondukt wird Lawrences Sarg vom Lager Bovington auf einem Panzerwagen zum Friedhof gefahren. 21. Mai 1935

Man sprach den 121. Psalm:
»... Am Tag wird dich nicht versehren die Sonne,
nicht schadet dir der Mond bei Nacht.
Vor allem Übel wird Jahwe dich bewahren,
er behütet dein Leben.
Jahwe behütet dein Gehen und Kommen
von nun an bis in Ewigkeit.«

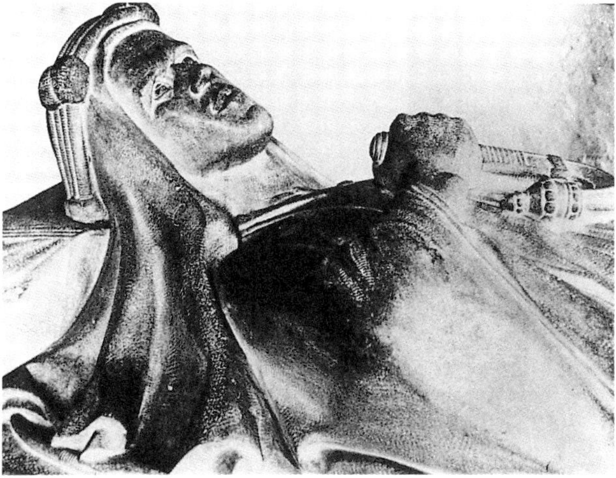

Thomas Edward Lawrences Grabmal in der St. Martinskirche, Wareham

Eric Kennington schuf die Skulptur in Anlehnung an englische Rittergrablegen des Mittelalters, über die Lawrence einen Bildband zusammenstellen wollte. Sein Haupt ruht auf den drei Büchern, die er während des Aufstands bei sich trug: »The Oxford Book of English Verse«, »Morte d'Arthur« und »Greek Anthology«.

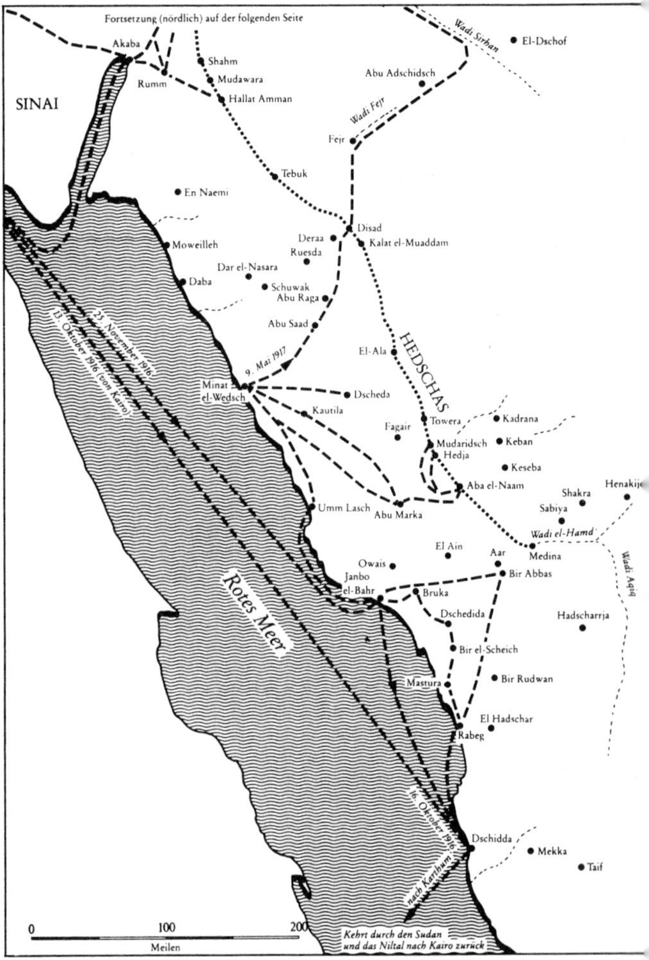

Verlauf und Schauplätze der arabischen Erhebung

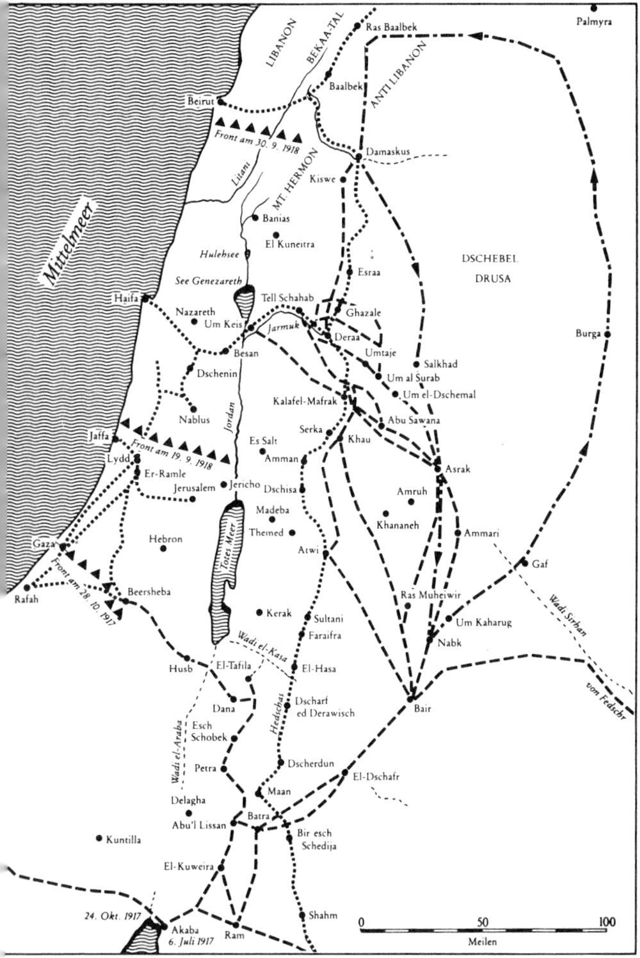
Mittelmeer
LIBANON
BEKAA-TAL
ANTI LIBANON
Ras Baalbek
Baalbek
Palmyra
Beirut
Front am 30. 9. 1918
Litani
MT. HERMON
Damaskus
Kiswe
Banias
El Kuneitra
Hulehsee
See Genezareth
Esraa
DSCHEBEL
DRUSA
Haifa
Tell Schahab
Ghazale
Nazareth
Um Keis
Jarmuk
Deraa
Burga
Besan
Umtaje
Salkhad
Dschenin
Um al Surab
Um el-Dschemal
Kalafel-Mafrak
Nablus
Jordan
Abu Sawana
Serka
Jaffa
Khau
Es Salt
Front am 19. 9. 1918
Lydd
Amman
Asrak
Er-Ramle
Jerusalem
Jericho
Dschisa
Amruh
Madeba
Khananeh
Themed
Ammari
Gaza
Hebron
Totes Meer
Atwi
Gaf
Front am 28. 10. 1917
Beersheba
Rafah
Ras Muheiwir
Wadi Sirhan
Kerak
Sultani
Um Kaharug
Faraifra
Nabk
Wadi el-Kasa
Husb
El-Tafila
El-Hasa
von Fedschr
Dana
Dscharf
ed Derawisch
Bair
Hedschas
Esch
Schobek
Wadi el-Araba
Petra
Dscherdun
El-Dschafr
Maan
Delagha
Batra
Abu'l Lissan
Kuntilla
Bir esch
Schedija
El-Kuweira
24. Okt. 1917
Shahm
Akaba
6. Juli 1917
Ram
0
50
100
Meilen

Lebensdaten

1888

16. August: Thomas Edward Lawrence wird in Tremadoc, Caernarvonshire, Wales, als Sohn von Thomas Robert Tighe Chapman und Sarah Maden geboren. Der ältere Bruder Robert war 1884 zur Welt gekommen.

Die Chapmans stammten ursprünglich aus Hinkley in Leicestershire und zogen im 17. Jh. nach Irland. Benjamin Chapman wird 1782 geadelt, zum Baron erhoben und mit Schloß und Herrschaft Killua belehnt. Lawrences Vater ist der siebente Anwärter auf den Titel eines Baronet of Killua. 1884 verläßt er seine erste Frau, um mit Sarah Maden zusammenzuleben. Er nennt sich Thomas Lawrence.

1890 wird ein weiterer Sohn William geboren, 1891 der Sohn Frank.

1896

Die Familie Chapman-Lawrence zieht nach Oxford, wo die vier Söhne eine gute Ausbildung erhalten sollen. Thomas Edward besucht die »City School for Boys«. Er interessiert sich für Geschichte und möchte »Anführer einer nationalen Bewegung« werden.

In Zentralarabien kam 1881 Abd al-Aziz Ibn Saud in Er-Riad zur Welt; in Saloniki, Griechenland, Mustafa Kemal (Atatürk); Feisal, Sohn des Scherif Hussein aus der Familie der Haschemiten wird 1883 in Mekka, Hedschas, geboren. Die Wachhabiten werden aus Er-Riad vertrieben.

1900

Geburt von Arnold Walter Lawrence, dem jüngsten Sohn der Familie.

1901

Thomas Edward unternimmt Ausflüge mit seinen Brüdern und erste Radtouren durch England.

Königin Victoria stirbt; Edward VII. folgt ihr auf den Thron.

1902

Ibn Saud erobert mit einigen Kämpfern die Stadt Er-Riad zurück und macht sie zu seiner Hauptstadt. Mustafa Kemal besucht die Kriegsakademie in Istanbul.

1904

Das Mittelalter, Burgenarchitektur, die Kreuzzüge und die großen englischen Ritterromane bilden das Hauptinteresse Thomas Edwards. Er sammelt Tonscherben und alte Münzen. Sein Faible für die Archäologie macht den Direktor des »Ashmolean Museum« in Oxford, David George Hogarth, auf den jungen Lawrence aufmerksam. Bei einer Schlägerei bricht sich Lawrence ein Bein: während der langen erzwungenen Bettruhe liest er Xenophon, Prokop, Demetrius Poliorketes und »Arabia Deserta« von Charles Doughty.

1905

Lawrence erfährt von seiner unehelichen Geburt und läuft aus dem Elternhaus davon. Er tritt in die »Royal Artillery« ein; der Vater holt ihn zurück.

Die Türken ziehen sich unter den ständigen Angriffen Ibn Sauds aus Zentralarabien zurück. Ibn Saud wird König des Nedsch und Immam der Wachhabiten.

1906

Juli-August: Lawrence unternimmt eine Fahrradtour durch Frankreich. Mit einem Freund, C.F. Beeson, erkundet er die Bretagne.

1907

Juli-August: Zweite Frankreich-Reise. Lawrence ist begeistert von Château Gaillard und dem Mont-Saint-Michel.

September: In Oxford immatrikuliert er sich am »Jesus College«, für das er ein Stipendium erhält. Er bereitet das Examen für den »Bachelor of Arts« vor.

1908

Juli, August, September: Dritte Frankreich-Reise. Die Stationen sind: Vézelay, Le Puy, Arles, Les Baux. In Aigues-Mortes sieht Lawrence zum erstenmal das Mittelmeer. Rückkehr über Narbonne, Carcassonne, Toulouse, Cahors und Châlus nach England.

1909

13. April: Der Sultan der Türkei, Abdul-Hamid, wird abgesetzt und arretiert. Sein Bruder tritt als Mehmed V. die Nachfolge an.

Lawrence beginnt Arabisch bei Reverend Odeh zu lernen.

Juni, Juli, August, September: Die erste Reise in den Orient: In diesen Monaten legt er 1760 km zurück. Die erste Rundreise umfaßt Südsyrien, wozu damals Palästina gehört, und Galiläa: Sidon, Baniyas, Safed, Kapernaum, See Genezareth, Tiberias, Nazareth, Berg Karmel, Haifa, Saint-Jean-d'Acre, Tyrus, Sidon und Beirut. Die zweite Reise führt nach Nordsyrien: Tripolis, Damaskus, Homs, Latakia, Antiochia, Aleppo, Edessa. Er besichtigt alle Kreuzfahrerburgen, vor allem den Krak des Chevaliers. Im Oktober kehrt er zurück nach Oxford.

1910

Lawrence besucht Ausbildungskurse im »Oxford Officers Training Corps«. Er erstellt eine Arbeit »Über den Einfluß der Kreuzzüge auf die militärische Architektur des Mittelalters« und erhält ein Stipendium für das »Magdalen College«. Ein Zuschuß soll es ihm ermöglichen, an der englischen Ausgrabungskampagne unter D. G. Hogarth in Karkemisch am Euphrat teilzunehmen.

George V. wird König von England.

15. Dezember: Lawrence geht nach Zwischenaufenthalten in Neapel und Piräus in Istanbul von Bord der »Saghalien« an Land. Er reist weiter nach Aleppo und Dschebail bei Beirut.

1911

Januar: Das begonnene Arabisch-Studium wird bei der amerikanischen Mission in Dschebail fortgesetzt. Hier trifft Ende Februar auch Hogarth ein; über Haifa, Deraa, Damaskus, Homs, Hamra und Aleppo reisen beide nach Karkemisch.

März: Lawrence und Hogarth treffen in Karkemisch (Dscherablus) ein, und die Ausgrabungen können anlaufen. Er freundet sich mit dem jungen einheimischen Grabungsgehilfen Dahoum (Salim Achmed) an.

1911

Juli: Lawrence besucht Edessa, Aintab, Tell Amar; weiterhin Rum Kalaat, Aleppo und Damaskus.

August: Kurzreise Beirut–Dschebail–Beirut. Lawrence erkrankt an Malaria. Er kehrt nach England zurück: eine längere Genesungszeit ist notwendig.

18. Oktober: Rückkehr nach Karkemisch. Ausgedehnte Ausflüge mit Dahoum in der Wüste. Im Spätherbst nimmt Lawrence bei Kafr Ammar in Ägypten an Ausgrabungen teil, die Sir William Flinders Petrie leitet.

Krieg zwischen Italien und der Türkei in Tripolitanien (Libyen).

1912

Leonard Woolley löst R. Campbell Thompson als Hogarths Assistent in Karkemisch ab. Lawrence schreibt in der Freizeit einen Essay »Sieben Säulen der Weisheit«. Das Manuskript geht verloren.

Oktober: Baron von Oppenheim, Gertrude Bell und der Bruder William besuchen Lawrence auf der Grabung.

Ausbruch des ersten Balkan-Krieges zwischen der Türkei und Montenegro, Griechenland und Bulgarien auf der Gegenseite. Die Türkei verliert alle europäischen Besitzungen sowie Adrianopel.

1913

Sommer: Zweiter Balkan-Krieg zwischen Türkei und Bulgarien. Enver Pascha erobert Adrianopel zurück.

Lawrence besucht mit Dahoum Oxford.

1914

Januar: Woolley und Lawrence erhalten den Auftrag, Hauptmann Newcombe bei der topographischen Aufnahme der Sinai-Halbinsel zu unterstützen.

Februar: Lawrence durchquert die Sinai-Wüste und trifft in Akaba ein. Ausweisung durch den türkischen Gouverneur und Flucht durch das Hor-Gebirge, das Wadi Araba und Dschebel Arun. Von Petra aus reist er weiter nach Damaskus.

Mai: Lawrence kehrt nach England zurück und schreibt seinen Bericht »The Wilderness of Zin« für den »Palestine Exploration Fund«.

28. Juni: In Sarajewo wird der Erzherzog-Thronfolger Franz-Ferdinand von Österreich-Este erschossen.

2. August: Ausbruch des Ersten Weltkriegs.

Oktober: Lawrence wird der Kartographischen Abteilung des Generalstabs der englischen Armee in Ägypten unterstellt. Er begibt sich nach Kairo.

30. Oktober: Kriegseintritt der Türkei an der Seite Deutschlands.

31. Oktober: Telegramm Lord Kitcheners an Scherif Abdullah, das den »Schutz des Hedschas gegen jeden Angriff« verspricht, »falls die Araber sich gegen die Türken erheben«.

Dezember: Lawrence wird zum »Cairo Intelligence Department« beordert.

Sir Henry McMahon wird Hochkommissar in Kairo, Sir Archibald Murray übernimmt den Oberbefehl über das englische Ägypten-Heer und die ägyptischen Streitkräfte. London erklärt Ägypten zum britischen Protektorat. Die Türkei beschließt Ägypten zu befreien.

1915

Juli: Sir Henry McMahon tritt in Verhandlung mit Hussein, dem Groß-Scherif von Mekka und Oberhaupt der Haschemiten: er möchte ihn zum Kriegseintritt auf seiten Englands bewegen. Hussein verlangt als Gegenleistung für seine Unterstützung: »die Anerkennung seiner Souveränität über alle arabischen Länder des Orient mit Ausnahme von Aden«.

Oktober: McMahon teilt Hussein mit, die Engländer seien bereit: »die Forderung der Araber nach Unabhängigkeit zu unterstützen... vorausgesetzt, daß er, Hussein, zum Aufstand gegen die Türken aufriefe«.

Abdullah erklärt sich im Namen seines Vaters Hussein mit den englischen Vorschlägen grundsätzlich einverstanden: Waffen, Munition und Gelder beginnen in den Hedschas zu fließen. In Rabegh geht unter Oberst Wilson ein erstes englisches Truppenkontingent an Land; ein französisches folgt unter Oberst Brémond.

Lawrences Bruder Will wird als vermißt gemeldet; der Bruder Frank war bereits im Mai gefallen.

1916

Januar: Die Alliierten müssen die Dardanellen räumen und Tausende von Gefallenen zurücklassen.

März, April, Mai: Lawrence wird nach Mesopotamien geschickt: er soll den türkischen Kommandanten Halil Pascha bestechen, die bei Kut el-Amara eingekreisten englischen Truppen ziehen zu lassen. Der Auftrag mißlingt. Lawrence schlägt vor, den arabischen Aufstand in Mesopotamien anzuzetteln mit Hilfe der Bewohner des Irak. Der Vorschlag stößt auf Widerstand des Indien-Generalstabs, der befürchtet, dies könne ein schlechtes Vorbild für die Hindu-Bevölkerung in Indien sein. Verärgert über die »geistige Beschränktheit der Generale«

kehrt Lawrence nach Kairo zurück. Die Engländer müssen bei Kut el-Amara kapitulieren.

16. Mai: Zwischen Sir Mark Sykes und Georges Picot wird das geheime sog. Sykes-Picot-Abkommen geschlossen: nach Beendigung des Krieges soll Frankreich Syrien und den Libanon erhalten.

5. Juni: Beginn der Arabischen Erhebung. Scherif Hussein ruft zum Kampf gegen die Türken auf.

Oktober: Lawrence schifft sich in Suez auf der »Lama« ein und begibt sich mit Ronald Storrs, Generalsekretär der Residentschaft in Kairo, dem ägyptischen General Aziz el-Mazri und weiteren englischen Offizieren in den Hedschas. Es folgen Besprechungen in Dschidda. Ende des Monats geht Lawrence nach Hamra, um Emir Feisal, Husseins dritten Sohn zu treffen: es kommt zur historischen Begegnung zwischen Feisal und Lawrence.

Sir Reginald Wingate und General Allenby ersetzen McMahon und Murray. Mit Allenbys Einverständnis geht Lawrence nach Dschidda zurück, um den arabischen Aufstand zu organisieren.

1917

Januar: Feisals Heer nimmt El Wedsch ein und schlägt hier sein Hauptquartier auf. Lawrence versucht Abdullah zum Angriff auf Medina zu bewegen.

März: Starkes Fieber fesselt ihn ans Krankenlager. Er entwirft eine Strategie für den Feldzug.

Mai: Die berittene Beduinen-Armee verläßt El Wedsch, um in Richtung Akaba zu ziehen.

Juni: Lawrence unternimmt eine geheime Reise hinter die türkischen Linien in Syrien.

Im Juli erscheint Feisals Heer auf den Höhen von Akaba.

6. Juli: Akaba wird erobert. Einen wichtigen Anteil

am Erfolg des Unternehmens hatte Auda Abu Tayi, Anführer der Howeitat. Lawrence durchquert den Sinai in 49 Stunden, um die Siegesmeldung in Kairo zu überbringen.

10. Juli: Er erreicht Kairo und trifft zum erstenmal Allenby.

Lawrence wird zum Hauptmann befördert und ausgezeichnet. Er erfährt vom Sykes-Picot-Abkommen.

Juli: Das Hauptquartier der Aufständischen wird von El-Wedsch nach Akaba verlegt.

September: Aufenthalt im Rumm und Asrak. Feisals Beduinen metzeln eine türkische Abteilung bei El Meduara nieder.

November: Lord Balfour kündet für Kriegsende die Errichtung eines »Jüdischen Nationalheims« in Palästina an.

Lawrence versucht erfolglos die Jarmuk-Viadukte zu sprengen. Er beschließt daraufhin, allein in Deraa einzudringen, um die Verteidigungsanlagen auszukundschaften. Dabei gerät er in türkische Gefangenschaft. Der Ortskommandant läßt ihn foltern. Lawrence kann fliehen und erreicht Akaba. Hier erhält er die Nachricht, unverzüglich Allenby in dessen Hauptquartier nördlich von Gaza aufzusuchen. Ohne das Abheilen der Wunden abzuwarten, begibt sich Lawrence dorthin.

Dezember: Beginn der englischen Offensive: die türkische Front wird durchbrochen.

11. Dezember: Offizieller Einzug der siegreichen Truppen in Jerusalem. Allenby fordert Lawrence auf, an der Seite Storrs und Claytons daran teilzunehmen.

Die Türken errichten eine neue Front, um den Zugang nach Syrien zu versperren: diese verläuft vom Meer über Nablus bis zum Jordan, von dort bis Amman.

1918

Januar: Feisals Angriff auf El Meduara scheitert.

Am 25. Januar jedoch glänzender Sieg bei Tafileh. Die Araber halten dem Angriff der Türken stand. Die Entscheidung fällt bei Subhi al-Umari.

März: Lawrence kehrt nach Akaba zurück.

April: Vorbereitung des Angriffs auf Maan. Wadi Waheida.

Juni: Ibn Saud marschiert gegen Mekka. Bei Turaba kommt es zum Kampf mit haschemitischen Truppen unter Ali, dem Sohn des Scherifen Hussein. Beide Seiten haben hohe Menschenverluste; Ali unterliegt. Die Engländer verwehren Ibn Saud den Einzug in Mekka. Wütend kehrt er nach Er-Riad zurück.

In Istanbul stirbt Sultan Mehmed V.; Prinz Vaheddin folgt ihm als Mehmed VI. auf den Thron.

Juli: Lawrence erhält zur Unterstützung einer neuen Offensive von Allenby ein »Camel Corps«, das Ende des Monats in Akaba eintrifft.

8. August: Besetzung des Bahnhofs von El Meduara.

20. August: Das »Camel Corps« trifft in Maduara ein. Lawrence fährt mit dem Auto nach Asrak.

September: Die neue Truppe mit dem »Camel Corps« folgt und kommt über Asrak und Bair nach Akaba, zieht von dort weiter nach Bersaba. Innerhalb 44 Tagen legt es 1500 km zurück und liefert mehrere Schlachten.

Dahoum stirbt an Typhus.

Die restliche türkische Front muß durchbrochen werden:

12. September: Lawrence schickt eine Vorhut los, die die Bahnlinie zwischen Amman und Deraa zerstören soll.

17. September: Tell-Arar wird von berittenen Beduinen eingenommen; weiterhin der Bahnhof von Nisib sowie einige befestigte Stationen längs der Bahnlinie.

Allenby eröffnet die große Offensive.

20. September: Die türkische Armee im Raum Amman wird besiegt; der Rückzug der geschlagenen Türken weitet sich zu einer Katastrophe aus. Lawrence und seine Beduinen verstärken ihre Flankenangriffe und verschonen niemand.

26. September: Lawrence erreicht Deraa. Als Feisal die Nachricht erhält, bricht er mit seinem Heer von Asrak auf und bereitet den Zug nach Damaskus vor.

30. September: Damaskus liegt in Sichtweite der Truppe Lawrences. Englische (australische) und französische Truppen, die ebenfalls eingetroffen sind, ziehen sich zurück, um den arabischen Verbänden den Vortritt zu lassen, als erste in die »goldene Stadt« einzuziehen.

1. Oktober: Siegreicher Einzug Lawrences und Feisals in Damaskus. Eine jubelnde Bevölkerung begrüßt die Befreier. Unverzüglich wird eine provisorische Regierung gebildet und Hussein zum »König der Araber« ausgerufen.

4. Oktober: Lawrence erklärt Allenby seinen Rücktritt. Er wird zum Oberst befördert. Von Damaskus begibt er sich nach Kairo und schifft sich nach England ein.

Oktober: Die Engländer erobern Beirut und Aleppo.

26. Oktober: Entscheidungsschlacht bei Alexandrette.

30. Oktober: Türken schließen den Waffenstillstand von Mudros mit den Alliierten.

4. November: In London hält Lawrence vor dem Orient-Ausschuß der britischen Regierung seine Rede: in einem fünfseitigen Bericht legt er Ursprung des Aufstands, die Entwicklung des Krieges und seine Vorstellung einer Friedensregelung für den Orient dar.

11. November: Waffenstillstand in Compiègne zwischen Deutschland und den Ententemächten. Der Erste Weltkrieg ist beendet. Englische und französische Versprechungen an die Bevölkerung Syriens und Mesopotamiens,

Selbständigkeit und »die selbstgewählten Regierungen zu garantieren«.

Dezember: Feisal trifft in England ein. Lawrence begleitet ihn auf seinen Reisen. Feisal erklärt seine Absicht, zur Friedenskonferenz nach Paris zu reisen.

1919

21. Januar: Eröffnung der Pariser Friedenskonferenz im großen Uhren-Saal des Außenministeriums.

Feisal besteht auf der Einhaltung der Versprechungen der Alliierten, den Arabern Selbstverwaltung und Eigenstaatlichkeit zu gewähren. Er stößt auf Ablehnung.

März: Lawrence soll in London aus den Händen König George V. das Kommandeurskreuz des »Order of the Bath« entgegennehmen. Bei der Verleihungszeremonie im Buckingham Palast verweigert er die Annahme, da es ihm unmöglich sei, »die Auszeichnung entgegenzunehmen, solange England seine Versprechungen gegenüber den Arabern nicht einhalte«.

Lawrence beginnt die Arbeit an seinem Buch »Die sieben Säulen der Weisheit«.

8. April: Tod des Vaters.

Mai: Lawrence reist nach Kairo, um seine dort verbliebenen Papiere und persönlichen Unterlagen zu holen. Das Flugzeug, das ihm hierzu zur Verfügung gestellt wird, stürzt bei der Zwischenlandung in Rom in eine Schlucht: die beiden Piloten kommen um, Lawrence wird schwer verletzt.

28. Juni: Unterzeichnung des Friedensvertrages von Versailles.

14. August: Der amerikanische Journalist Lowell Thomas startet in Covent Garden eine aufsehenerregende Vortragsreihe über den Aufstand in der Wüste und »Lawrence von Arabien«.

November: Lawrence, seit September Zivilist, wird ins All Souls College in Oxford aufgenommen und erhält ein Stipendium zur Unterstützung seiner schriftstellerischen Arbeiten.

Ende November kommt das Manuskript der »Sieben Säulen der Weisheit« auf mysteriöse Weise abhanden.

Dezember: Feisal kehrt nach Dschidda zurück und erstattet seinem Vater, Scherif Hussein, über die mißglückte Mission Bericht. Hussein stellt daraufhin Aufständischen in Mesopotamien englische Hilfsgelder zur Verfügung.

Lawrence setzt seine Arbeit an einer neuen Fassung der »Sieben Säulen« fort.

1920

Januar: Bei der Arbeit am neuen Buch wird Lawrence von Edward Garnett, E.M. Forster und Charlotte und George Bernard Shaw unterstützt. Lawrence macht die Bekanntschaft von Robert Graves, Siegfried Sassoon, Edmund Blunden und Robert Bridges. Eric Kennington porträtiert den neuen Nationalhelden.

1920-1922

Griechisch-Türkischer Krieg in Kleinasien.

März, April: Panarabischer Kongreß in Damaskus. Der Kongreß erhebt Feisal zum König von Großsyrien und Abdullah zum König des Irak. In Mesopotamien und Syrien revoltiert die Bevölkerung gegen die Besatzungsmächte. Frankreich entsendet Truppen nach Syrien. Der Völkerbund überträgt den Franzosen das Mandat über Syrien und den Libanon. Im Süden des Landes erheben sich die Drusen. Im Verlauf der Auseinandersetzungen sterben mehr als 40 000 Menschen.

1921

Januar: Unter den bedrohlichen Gegebenheiten entzieht der Premierminister dem Foreign Office die Zuständigkeit für den Nahen Osten und unterstellt die Gebiete dem Colonial Office, an dessen Spitze er Winston Churchill beruft. Vom 7. Januar 1921 bis zum 20. Juli 1922 wird Lawrence im Colonial Office Churchills Berater für die arabischen Angelegenheiten.

12.-22. März: Kairo-Konferenz: Lawrence nimmt an den Verhandlungen teil. Churchill fördert die Wahl Feisals zum Haupt des Irak und schlägt Emir Abdullah als Herrscher von »Transjordanien« vor.

Juli, September: Lawrence hält sich in Dschidda bei König Hussein auf, um ihn zur Anerkennung des französischen Mandats über Syrien zu bewegen und seine Ansprüche auf Palästina fallenzulassen. Er scheitert jedoch. Im September ist er in Amman.

1922

Januar: Lawrence schreibt in einem Mansardenzimmer in London an der endgültigen Fassung der »Sieben Säulen der Weisheit«. Im Februar läßt er acht Exemplare vom Verlag der »Oxford Times« drucken. Bernard Shaw, Thomas Hardy, H.G. Wells und Churchill loben das Werk enthusiastisch.

Juli: Lawrence scheidet aus dem Kolonialministerium als Berater Churchills aus.

August: Lawrence verpflichtet sich beim Wehrkreiskommando der Königlichen Luftwaffe (RAF) als einfacher Soldat. Mit Unterstützung des Luftfahrtministeriums wird er unter falschem Namen als John Hume Ross, Nr. 352087 A/C 2 eingezogen und in das RAF-Training Depot, Uxbridge versetzt. Von dort kommt er zur RAF in Farnborough.

November: In Konstantinopel wird das Sultanat offiziell abgeschafft.

Weitere Unruhen im Irak.

27. Dezember: Der »Daily Express« entlarvt Ross als Lawrence. Journalisten belagern das Kasernentor in Farnborough. Der Zeitungsartikel ruft einen Skandal hervor. Als Lawrence sich auf den Befehl des Oberbefehlshabers der Luftflotte, Lord Trenchard, hin weigert, einen Offiziersrang anzunehmen, wird er aus der RAF entlassen.

1923

März: Lawrence kann durch Beziehungen im Heer eintreten: Er wird als T.E. Shaw Soldat beim Panzercorps in Bovington, Dorset.

Vertrag zwischen England und dem Irak.

April: Lawrence übersetzt in seiner Freizeit »Le Gigantesque« von Adrien le Corbeau und unternimmt Motorradfahrten durch England.

Juni: Er erwirbt 2 km entfernt vom Lager Bovington ein kleines Haus: »Clouds Hill«.

29. September: In Syrien tritt das französische Mandat in Kraft. In der Türkei finden allgemeine Wahlen statt.

29. Oktober: In Ankara erklärt die Nationalversammlung die Türkei zur Republik.

1924

April: Nachdem der türkische Sultan ins Exil gegangen ist, erklärt sich Hussein, Scherif von Mekka, zum Herrscher der Gläubigen. Dagegen erheben sich in allen arabischen Ländern Stimmen der Opposition. Ibn Saud bricht mit Truppen von Er-Riad auf, um gegen den Hedschas zu ziehen. Im Verlauf des Feldzugs besiegt er die haschemitische Armee unter Emir Ali, dem ältesten Sohn Husseins. Der Weg nach Mekka steht für Ibn Saud offen.

Dezember: Lawrence kann sich nicht damit abfinden, nicht mehr bei der Luftwaffe zu sein. Er stellt den Antrag auf Rückversetzung zur RAF.

In den USA, New York, erscheint »With Lawrence in Arabia« von Lowell Thomas. Das Buch verkauft sich sensationell und wird einige Monate später auch in England verlegt. Ungewollt steht Lawrence damit erneut im Rampenlicht; sein Versetzungsgesuch wird dadurch erschwert.

1925

Februar: Scherif Hussein dankt zugunsten seines Sohnes Ali ab, verläßt Mekka und geht ins Exil.

Als Pilger gekleidet hält Ibn Saud feierlich Einzug in Mekka. Ali richtet Hilferufe an die Engländer und verschanzt sich in Dschidda. Es kommt zu Verhandlungen mit Ibn Saud, der jedoch freie Hand für weitere Eroberungen in Arabien und dem Hedschas erhält.

Juni: Bei entsetzlicher Hitze beginnt die Belagerung von Dschidda.

Lawrence droht, Selbstmord zu begehen. Schließlich erreicht er damit, wieder in die RAF aufgenommen zu werden.

Juli: Er wird zum Militärflugplatz Cranwell, Lincolnshire versetzt. Er darf keine Kontakte zu Politikern oder hochgestellten Freunden unterhalten.

Oktober: Ibn Saud trifft Vorbereitungen, Dschidda im Sturm zu nehmen. Ali kapituliert und begibt sich zu seinem Bruder Feisal nach Bagdad. Die Herrschaft der Haschemiten im Hedschas ist damit beendet. Am 8. Oktober 1926 beruft Ibn Saud eine Generalversammlung arabischer Länder nach Riad: Die versammelten Stammesfürsten rufen ihn zum König von Arabien aus. Ein neues Land erscheint auf der Weltkarte: Saudi-Arabien.

1926

Eine auf 120 Exemplare beschränkte Subskriptionsausgabe der »Seven Pillars of Wisdom« (Die sieben Säulen der Weisheit) wird veröffentlicht.

1927

Januar: Lawrence geht für zwei Jahre nach Indien: Am 7. Januar trifft er beim RAF-Depot in Drigh Road, Karatschi, ein. Das Lager befindet sich inmitten einer Wüste.

Juni, Juli: Lawrence verarbeitet seine Uxbridge-Notizen zu einem Manuskript mit dem Titel »The Mint«.

»Lawrence and the Arabs« von Robert Graves erscheint.

1928

März: Lawrence schließt »The Mint« ab.

Mai: Er wird zum RAF-Depot nach Mirandschah, einem Flugplatz nahe der afghanischen Grenze verlegt.

Lawrence arbeitet an einer Übersetzung von Homers »Odyssee«.

September, Dezember: Laut britischen Presseberichten geht Lawrence »mysteriösen Tätigkeiten im Orient nach«. Er wird mit dem Staatsstreich und politischen Unruhen in Afghanistan in Verbindung gebracht.

1929

Januar: Unverzüglich wird Lawrence nach England zurückbefohlen. Streng bewacht trifft er an Bord der »Rajputana« am 12. Januar in Plymouth ein.

März, Dezember: Lawrence wird zum RAF-Wasserflugzeug-Stützpunkt Cattewater bei Plymouth versetzt. Zusammen mit Oberst Sidney Smith arbeitet er daran, die Wasserflugzeuge für den Schneider-Pokal startklar zu machen.

In den Jahren von 1930 bis 1935 arbeitet Lawrence für die RAF an der Entwicklung von Hochgeschwindigkeits-Booten und Wasserflugzeugen in Plymouth, Hythe und Bridlington.

1932

Er komplettiert Baupläne für die sog. »200er Serie« von Schnellbooten. Seine Übersetzung »The Odyssey of Homer« erscheint in London.

1934

»T. E. Lawrence in Arabia and After« von Basil Liddell Hart wird veröffentlicht.

1935

26. Februar: Lawrence hat seine Dienstzeit bei der RAF beendet. Er zieht in sein kleines Haus »Clouds Hill«.

13. Mai: Im Postbüro des Lagers Bovington gibt Lawrence ein Telegramm auf. Auf dem Rückweg nach Hause verunglückt er mit dem Motorrad. Mit schweren Kopfverletzungen bringt man ihn nach »Clouds Hill«, wo er sechs Tage im Koma liegt.

19. Mai: Lawrence stirbt im Alter von 46 Jahren.

21. Mai: Auf dem Friedhof von Moreton, in der Nähe seines Hauses, wird Lawrence beigesetzt. An der Trauerfeier nehmen der jüngste Bruder, Arnold W. Lawrence, Lady Astor, Winston Churchill, Lionel Curtis, Mrs Thomas Hardy, Augustus John, Eric Kennington, Lord

Lloyd, Siegfried Sassoon, General Wavell, Colonel Newcombe, Sir Ronald Storrs und Earl Winterton teil. George Bernard Shaw und seine Frau machten zum Zeitpunkt der Beerdigung Ferien in Südafrika.

Ausgewählte Literatur

Werke

T. E. Lawrence, *Crusader Castles*, London, Golden Cockerell Press, 1936.

– *The Diary of T.E. Lawrence MCMXI*, Corvinus Press, 1937.

– *Evolution of a Revolt: Early Postwar Writings of T.E. Lawrence.* Ed. by Stanley and Rodelle Weintraub, University Park, Pennsylvania State University Press, 1968.

– *The Home Letters of T.E. Lawrence and His Brothers.* Ed. by M.R. Lawrence, Oxford, Blackwell 1954.

– *The Mint. Notes made in The R.A.F. Depot between August and December 1922, and at Cadet College in 1925. By 352087 A/c Ross*, New York, Doubleday, Doran & Company, 1936.

– *Oriental Assembly.* Ed. by A.W. Lawrence, London, Williams and Norgate, 1939.

– *Secret Despatches from Arabia.* Ed. by A.W. Lawrence, London, Golden Cockerell Press, 1939.

– *Seven Pillars of Wisdom* (Privatdruck 1926), engl. Erstausgabe: London, Alden Press, 1935. (Einige Exemplare in Spezialbindung: ›Cosway‹binding with miniature portrait of T.E. Lawrence by Miss Currie).

–, C. Leonard Woolley, *The Wilderness of Zin* (*Archaeological Report*), Palestine Exploration Fund, 1914.

–, D.G. Hogarth, C. Leonard Woolley, P.L.O. Guy, *Carchemish: A Report on the Excavations at Djerabis, I-III*, London, British Museum, 1914, 1921, 1952.

Übersetzungen von T. E. Lawrence

(T. E. Lawrence), *The Forest Giant.* By Adrien le Corbeau, translated by J. H. Ross, London, 1924.
(T. E. Lawrence), *The Odyssey of Homer.* (Translated by T. E. Lawrence). Printed and published by Sir Emery Walker, Wilfred Merton and Bruce Rogers, London, 1932.

Sekundärliteratur

Richard Aldington, *Lawrence of Arabia: A Biographical Enquiry.* New York, Henry Regnery, 1955; London, Collins, 1969.
Flora Armitage, *Lawrence von Arabien. Die Wüste und die Sterne.* München, List, 1963.
Édouard Brémond, *Le Hedjaz dans la guerre mondiale.* Paris, Payot, 1931.
Charles Edmonds (C. E. Carrington), *T. E. Lawrence.* London, Peter Davies, 1935.
Robert Graves, *Lawrence and the Arabs.* London, Cape, 1927.
– *T. E. Lawrence to His Biographers Robert Graves and Liddell Hart.* New York, Doubleday, 1963.
A. W. Lawrence (Hrsg.), *Oberst Lawrence, geschildert von seinen Freunden.* Leipzig, List, 1938.
T. E. Lawrence, *Selbstbildnis in Briefen.* Hrsg. von David Garnett. München, Leipzig, List, 1948.
B. H. Liddell Hart, *Oberst Lawrence. Der Kreuzfahrer des 20. Jahrhunderts.* Berlin, Schlegel, 1935.
Konrad Morsey, *T. E. Lawrence und der arabische Aufstand 1916/18.* Osnabrück, Biblio, 1976.
Suleiman Mousa, *T. E. Lawrence: An Arab View.* London, New York, Oxford University Press, 1966.
Anthony Nutting, *Lawrence, Held von Arabien.* München, Heyne, 1963.

Terence Rattigan, *Ross.* London, Hamish Hamilton, 1960.
Edward Robinson, *Lawrence: The Story of His Life.* London, Oxford, University Press, 1935.
Lowell Thomas, *With Lawrence in Arabia.* New York, Garden City Publishing, 1924; Garden City, Doubleday, 1967.
Jeremy Wilson, *Lawrence of Arabia: A Authorised Biography of T. E. Lawrence.* London, Heinemann, 1988.
C. Leonard Woolley, *As I Seem to Remember.* London, Allen and Unwin, 1962.

Abkürzungsverzeichnis

Für die zitierten Quellen werden die folgenden Abkürzungen verwandt. Die Ziffern beziehen sich auf die Seiten:

TEbF T.E. Lawrence by his Friends. A.W. Lawrence (Hrsg.). Jonathan Cape, London 1937.

Ls The Letters of T.E. Lawrence. David Garnett (Hrsg.). Jonathan Cape, London 1938.

HLs The Home Letters of T.E. Lawrence and his Brothers. R. Lawrence (Hrsg.). Basil Blackwell, Oxford 1954.

SSW T.E. Lawrence, Die sieben Säulen der Weisheit. Deutsch von Dagobert von Mikusch. © 1936, 1978 Paul List Verlag KG, München (zitiert nach dtv-Ausgabe).

Mint T.E. Lawrence, The Mint. Doubleday, New York 1936.

Der Abdruck der Zitate aus den »Sieben Säulen der Weisheit« erfolgt mit freundlicher Genehmigung des Paul List Verlags, München.

Bildnachweis

Imperial War Museum: 111, 118, 119, 121-125, 128-135, 138-143, 149, 151, 153, 154. The T.E. Lawrence Society: 152 (R.S. Atterbury), 155 (J.M. Wilson), 156/157. The Tank Museum, Bovington: 145, 164, 166, 167. National Portrait Gallery: Frontispiz. Bodleian Library: 165. Dietrich Maguhn: 126, 127, 136, 137, 195. Michael Schroeder: 112-117, 120, 144, 146-148, 150, 159-163. Umschlagabbildung: T.E. Lawrence, 1919. Ölgemälde von Augustus John. Yale University Art Gallery.

Für wertvolle Hilfe sei Karin Pastorelli, Roger Bragger und dem Garter Principal King of Arms, Sir Conrad Swan, gedankt.

Werner Koch und König Hussein von Jordanien, 1962

Werner Koch (1926-1992) hat 1962, noch vor der Premiere von David Leans Filmklassiker »Lawrence of Arabia« mit Peter O'Toole in der Hauptrolle, einen Dokumentarfilm gedreht, den das Erste Deutsche Fernsehen im gleichen Jahr ausstrahlte und der ein kritisches Lawrence-Porträt entwarf. Auch in der Folgezeit war der Nahe Osten für Werner Koch immer wieder Thema seiner Ideen und Arbeiten; weitere Filme entstanden: 1966 »Die Araber und Europa« (Silberne Palme für den Film), 1976 »Die Beduinen von Wadi Rumm«, 1982 »Die Hedschas-Bahn« und 1986 »Marokkanischer Markt«.

Die vorliegende Monographie über Lawrence von Arabien entstand aus der Distanz der Jahre als Resümee von Werner Kochs Beschäftigung mit dem Helden der Wüste. Die Arbeiten am Manuskript waren im März 1992 abgeschlossen. Im April 1992 wollte Werner Koch erneut zu Dreharbeiten nach Jordanien reisen. Er ist am 30. März 1992 in Köln gestorben.

Biographien, Leben und Werk im insel taschenbuch

Lou Andreas-Salomé: Lebensrückblick. Grundriß einiger Lebenserinnerungen. Aus dem Nachlaß herausgegeben von Ernst Pfeiffer. Neu durchgesehene Ausgabe mit einem Nachwort des Herausgebers. it 54

– Rainer Maria Rilke. Mit acht Bildtafeln im Text. Herausgegeben von Ernst Pfeiffer. it 1044

Elizabeth von Arnim: Elizabeth und ihr Garten. Aus dem Englischen von Adelheid Dormagen. it 1293 und Großdruck. it 2338

Georg Bollenbeck: Theodor Storm. Eine Biographie. Mit neunzehn Abbildungen. it 1347

Bertolt Brecht. Leben und Werk im Bild. Mit autobiographischen Texten, einer Zeittafel und einem Essay von Lion Feuchtwanger. it 406

Bertolt Brecht. Sein Leben in Bildern und Texten. Mit einem Vorwort von Max Frisch. Herausgegeben von Werner Hecht. it 1122

Die Schwestern Brontë. Leben und Werk in Texten und Bildern. Herausgegeben von Elsemarie Maletzke und Christel Schütz. it 814

Robert de Traz: Die Familie Brontë. Eine Biographie. Mit zahlreichen Abbildungen. it 1548

Hans Carossa: Ungleiche Welten. Lebensbericht. it 1471

Cézanne. Leben und Werk in Texten und Bildern. Von Margret Boehm-Hunold. it 1140

George Clémenceau: Claude Monet. Betrachtungen und Erinnerungen eines Freundes. Mit farbigen Abbildungen und einem Nachwort von Gottfried Boehm. it 1152

Sigrid Damm: Cornelia Goethe. it 1452

– »Vögel, die verkünden Land.« Das Leben des Jakob Michael Reinhold Lenz. it 1399

Joseph von Eichendorff. Leben und Werk in Texten und Bildern. Herausgegeben von Wolfgang Frühwald und Franz Heiduk. it 1064

Elisabeth von Österreich. Tagebuchblätter von Constantin Christomanos. Herausgegeben von Verena von der Heyden-Rynsch. Mit Beiträgen von E. M. Cioran, Paul Morand, Maurice Barrès und Ludwig Klages. Mit zeitgenössischen Abbildungen. it 1536

Theodor Fontane: Kriegsgefangen. Erlebnisse 1870. Herausgegeben von Otto Drude. Mit zahlreichen Abbildungen. it 1437

– Meine Kinderjahre. Autobiographischer Roman. Mit einem Nachwort von Otto Drude. it 705

Sigmund Freud. Sein Leben in Bildern und Texten. Herausgegeben von Ernst Freud, Lucie Freud und Ilse Grubrich-Simitis. Mit einer biographischen Skizze von K. R. Eissler. Gestaltet von Willy Fleckhaus. it 1133

162/1/11.93

Biographien, Leben und Werk im insel taschenbuch

Dagmar von Gersdorff: Dich zu lieben kann ich nicht verlernen. Das Leben der Sophie Brentano-Mereau. it 1276

Goethe. Sein Leben in Bildern und Texten. Vorwort von Adolf Muschg. Herausgegeben von Christoph Michel. Gestaltet von Willy Fleckhaus. it 1000

Manfred Wenzel: Goethe und die Medizin. Selbstzeugnisse und Dokumente. Mit zahlreichen Abbildungen. it 1350

Heinrich Heine. Leben und Werk in Daten und Bildern. Von Joseph A. Kruse. Mit farbigen Abbildungen. it 615

Hermann Hesse. Sein Leben in Bildern und Texten. Mit einem Vorwort von Hans Mayer. Herausgegeben von Volker Michels. it 1111

Volker Michels: Hermann Hesse. Leben und Werk im Bild. Mit dem ›kurzgefaßten Lebenslauf‹ von Hermann Hesse. it 36

Marie Hesse: Ein Lebensbild in Briefen und Tagebüchern. Mit einem Essay von Siegfried Greiner. Mit frühen Lithographien von Gunter Böhmer. it 261

Hölderlin. Chronik seines Lebens mit ausgewählten Bildnissen. Herausgegeben von Adolf Beck. it 83

Kleist. Leben und Werk im Bild. Herausgegeben von Eberhard Siebert. it 371

Eckart Kleßmann: Die Mendelssohns. Bilder aus einer deutschen Familie. Mit zahlreichen Abbildungen. it 1523

Cordula Koepcke: Lou Andreas-Salomé. Leben. Persönlichkeit. Werk. Eine Biographie. it 905

Oskar Kokoschka. Leben und Werk in Daten und Bildern. Herausgegeben von Norbert Werner. it 909

Dieter Kühn: Ich Wolkenstein. Eine Biographie. Neue, erweiterte Ausgabe. it 497

– Neidhart aus dem Reuental. it 1389

– Parzival. Der Parzival des Wolfram von Eschenbach. it 1328

Monique Lange: Edith Piaf. Die Geschichte der Piaf. Ihr Leben in Texten und Bildern. Aus dem Französischen von Hugo Beyer. Mit einer Discographie. it 516

Gertrud von le Fort. Leben und Werk in Daten, Bildern und Zeugnissen. it 195

Jane Lidderdale / Mary Nicholson: Liebe Miss Weaver. Ein Leben für Joyce. Aus dem Englischen von Angela Praesent und Anneliese Strauss. it 1436

Mütter berühmter Männer. Zwölf biographische Portraits. Herausgegeben von Luise F. Pusch. it 1356

162/2/11.93

Biographien, Leben und Werk im insel taschenbuch

Ernst Penzoldt. Leben und Werk in Texten und Bildern. Herausgegeben von Ulla Penzoldt und Volker Michels. it 547

Marthe Princesse Bibesco: Begegnung mit Marcel Proust. Aus dem Französischen von Eva Rechel-Mertens. it 1349

Renate Wiggershaus: Marcel Proust. Leben und Werk in Texten und Bildern. it 1348

Eva Rieger: Nannerl Mozart. Leben einer Künstlerin im 18. Jahrhundert. Mit zahlreichen Abbildungen. it 1431

Rainer Maria Rilke. Leben und Werk im Bild. Von Ingeborg Schnack. Mit einer biographischen Einführung und einer Zeittafel. it 35

George Sand. Leben und Werk in Texten und Bildern. Von Gisela Schlientz. it 565

Arthur Schopenhauer. Leben und Werk in Texten und Bildern. Herausgegeben von Angelika Hübscher. it 1059

Misia Sert: Pariser Erinnerungen. Aus dem Französischen von Hedwig Andertann. Mit einem Bildteil. it 1180

Muriel Spark: Mary Shelley. Eine Biographie. Deutsch von Angelika Beck. Mit zahlreichen Abbildungen. it 1258

Töchter berühmter Männer. Neun biographische Portraits. Herausgegeben von Luise F. Pusch. it 979

Siegfried Unseld: Hermann Hesse. Werk und Wirkungsgeschichte. Revidierte und erweiterte Fassung der Ausgabe von 1973. Mit zahlreichen Abbildungen. it 1112

Wilhelmine von Bayreuth: Eine preußische Königstochter. Glanz und Elend am Hofe des Soldatenkönigs in den Memoiren der Markgräfin Wilhelmine von Bayreuth. Aus dem Französischen von Annette Kolb. Neu herausgegeben von Ingeborg Weber-Kellermann. Mit Illustrationen von Adolph Menzel. it 1280

Virginia Woolf. Leben und Werk in Texten und Bildern. Herausgegeben von Renate Wiggershaus. it 932

Stefan Zweig. Leben und Werk im Bild. Herausgegeben von Donald Prater und Volker Michels. it 532

162/3/11.93

Englische und amerikanische Literatur im insel taschenbuch

Elizabeth von Arnim: Alle meine Hunde. Aus dem Englischen von Karin von Schab. it 1502

– Elizabeth und ihr Garten. Aus dem Englischen von Adelheid Dormagen. it 1293 und Großdruck. it 2338

– Liebe. Roman. Aus dem Englischen von Angelika Beck. it 1591

– Vater. Roman. Aus dem Englischen von Anna Marie von Welck. Neuübersetzung. it 1544

– Verzauberter April. Roman. Aus dem Englischen von Adelheid Dormagen. Mit Fotos aus dem gleichnamigen Film. it 1538

Jane Austen: Die Abtei von Northanger. Aus dem Englischen von Margarete Rauchenberger. Mit Illustrationen von Hugh Thomson. it 931

– Anne Elliot. Aus dem Englischen von Margarete Rauchenberger. Mit Illustrationen von Hugh Thomson. it 1062

– Emma. Aus dem Englischen von Charlotte Gräfin von Klinckowstroem. Mit Illustrationen von Hugh Thomson. it 511

– Lady Susan. Ein Roman in Briefen. Aus dem Englischen von Angelika Beck. Mit zwei Romanfragmenten: Die Watsons. Sanditon. Aus dem Englischen von Elizabeth Gilbert. it 1192

– Lady Susan. Ein Roman in Briefen. Aus dem Englischen von Angelika Beck. Großdruck. it 2331

– Mansfield Park. Aus dem Englischen von Angelika Beck. Mit Illustrationen von Hugh Thomson. it 1503

– Stolz und Vorurteil. Aus dem Englischen von Margarete Rauchenberger. Mit Illustrationen von Hugh Thomson und mit einem Essay von Norbert Kohl. it 787

Francis Bacon: Essays. Herausgegeben und mit einem Nachwort versehen von Helmut Winter. it 1514

Harriet Beecher-Stowe: Onkel Toms Hütte. In der Bearbeitung einer alten Übersetzung. Herausgegeben und mit einem Nachwort versehen von Wieland Herzfelde. Mit 27 Holzschnitten von George Cru-
iksh-
ank aus der englischen Ausgabe von 1852. it 272

Ambrose Bierce: Aus dem Wörterbuch des Teufels. Auswahl, Übersetzung und Nachwort von Dieter E. Zimmer. it 440

– Mein Lieblingsmord. Erzählungen. Mit einem Nachwort von Edouard Roditi. Aus dem Amerikanischen von Gisela Günther. it 39

– Das Spukhaus und andere Gespenstergeschichten. Deutsch von Gisela Günther, Anneliese Strauß und K. B. Leder. it 1411

Anne Brontë: Agnes Grey. Aus dem Englischen von Elisabeth von Arx. it 1093

153/1/11.93

Englische und amerikanische Literatur
im insel taschenbuch

Anne Brontë: Die Herrin von Wildfell Hall. Roman. Aus dem Englischen von Angelika Beck. it 1547

Charlotte Brontë: Erzählungen aus Angria. Aus dem Englischen von Michael Walter und Jörg Drews. it 1285

– Jane Eyre. Eine Autobiographie. Aus dem Englischen von Helmut Kossodo. Mit einem Essay und einer Bibliographie herausgegeben von Norbert Kohl. it 813

– Der Professor. Aus dem Englischen von Gottfried Röckelein. it 1354

– Shirley. Aus dem Englischen von Johannes Reiher und Horst Wolf. it 1145

– Über die Liebe. Herausgegeben von Elsemarie Maletzke. Übertragen von Eva Groepler und Hans J. Schütz. it 1249

– Villette. Roman. Aus dem Englischen von Christiane Agricola. it 1447

Emily Brontë: Die Sturmhöhe. Aus dem Englischen von Grete Rambach. it 141

Edward George Bulwer-Lytton: Die letzten Tage von Pompeji. Aus dem Englischen von Friedrich Notter. it 801

Lewis Carroll: Alice hinter den Spiegeln. Mit einundfünfzig Illustrationen von John Tenniel. Übersetzt von Christian Enzensberger. it 97

– Alice im Wunderland. Mit zweiundvierzig Illustrationen von John Tenniel. Übersetzt und mit einem Nachwort von Christian Enzensberger. it 42

– Briefe an kleine Mädchen. Aus dem Englischen übersetzt und herausgegeben von Klaus Reichert. Mit Fotografien des Autors. it 1554

– Geschichten mit Knoten. Eine Sammlung mathematischer Rätsel. Herausgegeben und übersetzt von Walter E. Richartz. Mit Illustrationen von Arthur B. Frost. it 302

Geoffrey Chaucer: Die Canterbury-Erzählungen. Vollständige Ausgabe. Aus dem Englischen übertragen und herausgegeben von Martin Lehnert. Mit Illustrationen von Edward Burne-Jones. it 1006

Gilbert Keith Chesterton: Alle Pater-Brown-Geschichten. 2 Bände in Kassette. it 1263/1149

– Pater-Brown- Geschichten. 24 Detektivgeschichten. Mit einem Nachwort von Norbert Miller. it 1149

– Die schönsten Pater-Brown-Geschichten. Großdruck. it 2332

Daniel Defoe: Glück und Unglück der berühmten Moll Flanders, die, im Zuchthaus Newgate geboren, nach vollendeter Kindheit noch sechzig wertvolle Jahre durchlebte, zwölf Jahre Dirne war, fünfmal heiratete, darunter ihren Bruder, zwölf Jahre lang stahl, acht Jahre deportierte Verbrecherin in Virginien war, schließlich reich wurde,

153/2/11.93

153/3/11.93

Englische und amerikanische Literatur
im insel taschenbuch

Matthew Gregory Lewis: Der Mönch. Aus dem Englischen von Friedrich Polakovics. Mit einem Essay und einer Bibliographie von Norbert Kohl. it 907

Jane Lidderdale / Mary Nicholson: Liebe Miss Weaver. Ein Leben für Joyce. Aus dem Englischen von Angela Praesent und Anneliese Strauss. it 1436

Lord Byron. Ein Lesebuch mit Texten, Bildern und Dokumenten. Herausgegeben von Gert Ueding. it 1051

Katherine Mansfield: Der Mann ohne Temperament und andere Erzählungen. Aus dem Englischen von Heide Steiner. Großdruck. it 2325

– Seligkeit und andere Erzählungen. Aus dem Englischen von Heide Steiner. it 1334

Charles Robert Maturin: Melmoth der Wanderer. Roman. Aus dem Englischen von Friedrich Polakovics. Mit einem Nachwort von Dieter Sturm. it 1279

Herman Melville: Israel Potter. Seine fünfzig Jahre im Exil. Aus dem Amerikanischen von Uwe Johnson. it 1315

– Moby Dick. 2 Bde. Aus dem Amerikanischen von Alice und Hans Seiffert. Mit Zeichnungen von Rockwell Kent und einem Nachwort von Rudolf Sühnel. it 233

Samuel Pepys: Das geheime Tagebuch. Herausgegeben von Anselm Schlösser und übertragen von Jutta Schlösser. Mit Abbildungen. it 637

Sylvia Plath: Das Bett-Buch. Aus dem Englischen von Eva Demski. Mit farbigen Illustrationen von Rotraud Susanne Berner. it 1474

Edgar Allan Poe: Der Bericht des A. Gordon Pym. Erzählungen. Übertragen von Barbara Cramer-Nauhaus, Erika Gröger und Heide Steiner. it 1449

– Der entwendete Brief und andere Erzählungen. Ausgewählt von Franz-Heinrich Hackel. Aus dem Amerikanischen von Werner Beyer u.a. Mit Holzschnitten von Fritz Eichenberg. Großdruck. it 2309

– Das Geheimnis der Marie Rogêt und andere Erzählungen. Aus dem Amerikanischen von Werner Beyer, Felix Friedrich und anderen. it 783

– Grube und Pendel. Und andere Erzählungen. Mit einem Nachwort von Franz Rottensteiner und Illustrationen von Harry Clarke. Aus dem Amerikanischen von Günther Steinig. ›Grube und Pendel‹ wurde von Elisabeth Seidel übersetzt. it 362

– Die Maske des roten Todes und andere Erzählungen. Aus dem Amerikanischen von Heide Steiner. it 1530

153/4/11.93

Englische und amerikanische Literatur im insel taschenbuch

Edgar Allan Poe: Die Morde in der Rue Morgue und andere Erzählungen. Aus dem Amerikanischen von Barbara Cramer-Nauhaus. it 1529

– Sämtliche Erzählungen. Vier Bände in Kassette. Herausgegeben von Günter Gensch.

– Das Tagebuch des Julius Rodman und andere Erzählungen. Aus dem Amerikanischen von Erika Gröger, Ruprecht Willnow und Andrea Sachs. it 1531

– Der Teufel im Glockenturm und andere Erzählungen. Aus dem Amerikanischen von Barbara Cramer-Nauhaus. it 1528

– Der Untergang des Hauses Usher. Meistererzählungen. Aus dem Amerikanischen von Barbara Cramer-Nauhaus, Erika Gröger und Heide Steiner. it 1373

Reynolds Price: Ein ganzer Mann. Roman. Aus dem Amerikanischen von Maria Carlsson. it 1378

Walter Scott: Ivanhoe. Roman. Deutsch von Leonhard Tafel. Textrevision und Nachwort von Paul Ernst. it 751

Charles Sealsfield: Das Kajütenbuch oder Nationale Charakteristiken. Herausgegeben von Alexander Ritter. it 1163

William Shakespeare: Hamlet. Prinz von Dänemark. Aus dem Englischen von August Wilhelm von Schlegel. Durchgesehen von Levin L. Schücking. Mit Illustrationen von Eugène Delacroix. Herausgegeben und mit einem Essay versehen von Norbert Kohl. it 364

– Richard III. Aus dem Englischen von Thomas Brasch. it 1109

– Romeo und Julia. Deutsch von Thomas Brasch. it 1383

– Die Tragödie des Macbeth. Aus dem Englischen von Thomas Brasch. it 1440

– Was ihr wollt. Aus dem Englischen von Thomas Brasch. it 1205

– Wie es euch gefällt. Übersetzt und bearbeitet von Thomas Brasch. it 1509

Mary W. Shelley: Frankenstein oder Der moderne Prometheus. Mit einem Essay von Norbert Kohl. it 1030

Muriel Spark: Mary Shelley. Eine Biographie. Deutsch von Angelika Beck. Mit zahlreichen Abbildungen. it 1258

Laurence Sterne: Leben und Meinungen von Tristram Shandy Gentleman. In der Übersetzung von Adolf Friedrich Seubert. Durchgesehen und revidiert von Hans J. Schütz. Mit einem Essay und einer Bibliographie von Norbert Kohl. Illustrationen von George Cruikshank. it 621

Robert Louis Stevenson: Die Schatzinsel. Aus dem Englischen von Karl Lerbs. Mit Illustrationen von Georges Roux. it 65

153/5/11.93

Englische und amerikanische Literatur im insel taschenbuch

Bram Stoker: Dracula. Aus dem Englischen von Karl Bruno Leder. it 1086

– Im Haus de Grafen Dracula. Erzählungen. Aus dem Englischen von Burkhart Kroeber, Michael Krüger, Norbert Miller, Friedrich Polakovics und Wilfried Sczepan. it 1522

Jonathan Swift: Gullivers Reisen. Mit Illustrationen von Grandville und einem Vorwort von Hermann Hesse. Aus dem Englischen übersetzt von Franz Kottenkamp. Vervollständigt und bearbeitet von Roland Arnold. it 58

William Makepeace Thackeray: Jahrmarkt der Eitelkeit. Ein Roman ohne Held. 2 Bde. Mit Illustrationen von Thackeray. Herausgegeben und mit einem Nachwort von Norbert Kohl. Dem deutschen Text wurde eine Übertragung aus dem Nachlaß von H. Röhl zugrunde gelegt. it 485

Mark Twain: Gesammelte Werke in 10 Bänden. Ausgewählt und zusammengestellt von Norbert Kohl. it 831-840

Band 2: Tom Sawyers Abenteuer. Bearbeitet von Karl Heinz Berger. Mit Illustrationen von True W. Williams. it 832

Band 4: Bummel durch Europa. Deutsch von Gustav Adolf Himmel. Mit Illustrationen der Erstausgabe von W. Fr. Brown, True W. Williams, B. Day u.a. it 834

Band 6: Leben auf dem Mississippi. Deutsch von Helene Ritzerfeld. Mit Illustrationen von Klaus Ensikat. it 836

Band 7: Huckleberry Finns Abenteuer. Deutsch von Barbara Cramer-Nauhaus. Mit Illustrationen von Edward W. Kemble. it 837

Band 8: Ein Yankee am Hofe des Königs Artus. Deutsch von Maja Ueberle. Mit Illustrationen der Erstausgabe von Daniel C. Beard. it 838

– Der gestohlene weiße Elefant und andere Erzählungen. Ausgewählt von Franz-Heinrich Hackel und Norbert Kohl. Mit zahlreichen Abbildungen. Großdruck. it 2308

Oscar Wilde: Gesammelte Werke in zehn Bänden. Herausgegeben von Norbert Kohl. it 582

Band 1: Das Bildnis des Dorian Gray

Band 2: Märchen und Erzählungen

Band 3: Theaterstücke I

Band 4: Theaterstücke II

Band 5: Gedichte

Band 6: Essays I

153/6/11.93

Englische und amerikanische Literatur
im insel taschenbuch

Oscar Wilde: Gesammelte Werke in zehn Bänden. Herausgegeben von Norbert Kohl. it 582
Band 7: Essays II
Band 8: Briefe I
Band 9: Briefe II
Band 10: Briefe III
– Aphorismen. Herausgegeben von Frank Thissen. it 1020
– Das Bildnis des Dorian Gray. Deutsch von Hedwig Lachmann und Gustav Landauer. Mit einem Essay, einer Auswahlbibliographie und einer Zeittafel herausgegeben von Norbert Kohl. it 843
– Die Erzählungen und Märchen. Mit Illustrationen von Heinrich Vogeler. Aus dem Englischen übersetzt von Felix Paul Greve und Franz Blei. it 5
– Gedichte. Herausgegeben von Norbert Kohl. it 1455
– Das Gespenst von Canterville. Erzählung. Mit Illustrationen von Oski. Aus dem Englischen von Franz Blei. it 344
– Der glückliche Prinz und andere Märchen. Aus dem Englischen von Franz Blei. Mit Illustrationen von Michael Schroeder und einem Nachwort von Norbert Kohl. it 1256
– Lord Arthur Saviles Verbrechen und andere Geschichten. Mit Illustrationen von Michael Schroeder. Aus dem Englischen von Christine Hoeppner. it 1151
– Salome. Dramen, Schriften, Aphorismen und ›Die Ballade vom Zuchthaus zu Reading‹. Mit Illustrationen von Marcus Behmer. it 107

153/7/11.93

Städte und Landschaften
Reiselesebücher im insel taschenbuch

Bodensee. Reisebuch. Herausgegeben von Dominik Jost. Mit zahlreichen Abbildungen. it 1490

Bonn. Ein Städte-Lesebuch. Herausgegeben von Doris Maurer und Arnold E. Maurer. Mit zahlreichen Abbildungen. it 1224

Dresden. Ein Reisebuch. Herausgegeben von Katrin Nitzschke. Unter Mitarbeit von Reinhard Eigenwill. Mit zahlreichen Abbildungen. it 1365

Florenz. Lesarten einer Stadt. Herausgegeben von Andreas Beyer. Mit zahlreichen Illustrationen. it 633

Florida. Reisebuch. Herausgegeben von Katharina Frühe und Franz Josef Görtz. Mit zahlreichen Abbildungen. it 1492

Frankfurt. Reisebuch. Herausgegeben von Herbert Heckmann. Mit zahlreichen Abbildungen. it 1438

Hamburg. Ein Städte-Lesebuch. Herausgegeben von Eckart Kleßmann. it 1312

Heidelberg-Lesebuch. Stadt-Bilder von 1800 bis heute. Herausgegeben von Michael Buselmeier. it 913

Hermann Hesse: Tessin. Betrachtungen, Gedichte und Aquarelle des Autors. Herausgegeben von Volker Michels. it 1494

Istanbul. Herausgegeben von Esther Gallwitz. Mit Illustrationen von Thomas Allom. it 530

London. Eine europäische Metropole in Texten und Bildern. Herausgegeben von Norbert Kohl. it 322

Mit Rilke durch das alte Prag. Herausgegeben von Hartmut Binder. Mit zahlreichen Abbildungen. it 1489

Moskau. Ein literarischer Führer. Von Sigrun Bielfeldt. Mit zahlreichen Abbildungen. it 1382

München. Ein Lesebuch. Herausgegeben von Reinhard Bauer und Ernst Piper. Mit zahlreichen Abbildungen. it 827

Paris. Deutsche Republikaner reisen. Herausgegeben von Karsten Witte. it 389

Potsdam. Ein Reisebuch. Herausgegeben von Doris Maurer und Arnold E. Maurer. Mit farbigen Abbildungen. it 1432

Rom. Ein Städte-Lesebuch. Herausgegeben von Michael Worbs. it 921

Salzburg. Ein Städte-Lesebuch. Herausgegeben von Adolf Haslinger. Mit zahlreichen Abbildungen. it 1326

Schwarzwald und Oberrhein. Literarischer Führer. Herausgegeben von Hans Bender und Fred Oberhauser. Mit zahlreichen Abbildungen. it 1330

Trier. Deutschlands älteste Stadt. Reisebuch. Herausgegeben von Michael Schroeder. Mit zahlreichen Fotografien. it 1574

169/1/11.93

Städte und Landschaften
Reiselesebücher im insel taschenbuch

Tübingen. Ein Städte-Lesebuch. Herausgegeben von Gert Ueding. Mit zahlreichen Abbildungen. it 1246

Umbrien. Reisebuch. Herausgegeben von Isolde Renner. Mit zahlreichen Abbildungen. it 1491

Venedig. Von Doris Maurer und Arnold E. Maurer. Mit zahlreichen Abbildungen. it 626

Venedig. Literarischer Führer. Herausgegeben von Doris Maurer und Arnold E. Maurer. Mit farbigen Abbildungen. it 1413

Wien. Reisebuch. Herausgegeben von Joseph Peter Strelka. Mit farbigen Fotografien. it 1573

Wien im Gedicht. Herausgegeben von Gerhard C. Krischker. it 1488

169/2/11.93